春になっても一緒にいよう

Kiyo Date Presents

伊達きよ

イラスト　犬居葉菜

春になっても一緒にいよう

一

「悪い、……なんだって？」

相手が言ったことが聞こえていなかったわけではないが、フィンは思わず聞き返してしまった。内容を確認するというよりも、その発言の真意を探る意味で。

「いやだから、『別れよう』って言ったの」

「何故《なぜ》？」

咄嗟《とっさ》に「嫌だ、別れたくない」とも言えず、冷静に理由を問うてしまうところが駄目なのだとわかっていた。しかし一度口から出た言葉は、もう元には戻らないもので。

案の定「別れ」を否定されなかった相手……一応まだ恋人のはずのロディが、うんざりしたように小さな鹿耳を跳ねさせた。その耳と耳の間にあるわずかな出っ張りは、獣姿の名残り、角が退化したものだ。そのちょっとした突起を眺めるのが大好きだったはずなのに、今はなんだかぼやけて見える。

「やっぱさ、冬眠……嫌なんだよねぇ。はっきり言ってつまんないんだよ」

「冬、眠」

ぽつりと漏らしたフィンの言葉を聞いているのかいないのか、溜《た》め息《いき》を吐《つ》きながら首筋をかいたロディはその手に持っている携帯電話に目を落としている。たったったっ、と細かに動く指が、こんな時なのに誰かに連絡を取っているということを教えてくれた。

「フィンがぐーすか寝ている間、俺はどんな気持ちでいると思う？」

「それは……」

悪いと思う、と言うべきなのだろう。ごめん、と。この半年で何度も謝ってきたように、また頭を下げればいい。しかしフィンにはそれができなかった。

「あとね、その性格」

黙り込んで考え込んでいると、ロディが携帯電話を置いて溜め息を吐いた。

「性格？」

「そ。今もさぁ、ずっと黙ってむすっとしてるだけでしょ？　真面目通り越して陰気なんだよ」

「むすっとしている『だけ』じゃない。むすっとしながら考えているんだ」

「はぁー……それだよ、それ」

誠実に返したつもりだったのだが、呆《あき》れたように首を振られてしまう。フィンは「む」と奥歯を嚙《か》み締めた。

そんなことをすれば余計「むす」っとした顔に見えるのだろう。だが、フィンにそんなつもりはないのだ。

「俺が言うのもなんだけど、普通半年も付き合ったやつに『別れよう』って言われたら泣いて嫌がったりしない？」

「半年のうち半分以上は冬眠していたから、正確には三ヶ月程度だ」

「はー、そういうところがさぁ……。出会った時はちょっとピントのズレた可愛《かわい》い子かなぁと思ったけど、全然、まったく、可愛さの欠片《かけら》もないよね」

「ピント……」

「可愛いのは見た目だけ、ってこと」

「は」

聞き捨てならない言葉の意図を問おうとするも、話を打ち切るように「ま、もうどうでもいいけど」と首を振られてしまった。まるで「お前の意見なんて聞いていないんだよ」と言われているようで、フィンは再びぐぐぐっと奥歯を噛み締める。噛み締めすぎて、奥歯が欠けてしまいそうだ。

「ま、とりあえずそういうことで。じゃあ俺、仕事行くから」

「あ……」

「マンションは近いうちに出ていくよ。あ、今月分の家賃は返さなくていいから。別れの手切れ金、みたいな？」

にこ、と笑って立ち上がったロディはジャケットを羽織って腕時計をはめ、さっさと部屋を出ていった。後に残されたのは、コーヒーカップを片手に、目の前の冷めて若干硬くなったトーストを眺めるしかないフィンだけだ。

「手切れ金？」

この部屋は、フィンの持ち家だ。頭金を払ったのも、ローンの支払いをしているのもフィンである。「家賃代わり」といって毎月いくらかはロディに金を渡されているが、月々の支払いの三分の一にも満たない。

ロディとは、半年と少し前に出会いを求める者が集まるバーで出会った。

最初はロディの方がぐいぐいと積極的にアプローチを仕掛けてきた。「可愛い」「小型獣人と付き合いたかったんだ」「無表情っぽいのもクールでいいね」なんて言っていた……のは最初の一ヶ月ほどであった。

フィンが広めのマンションに住んでいると知ると「頼む！　一ヶ月でいいから置いて？」と頼み込んできて。一ヶ月が二ヶ月、二ヶ月が三ヶ月と延びていって、半年経《た》った今月、別れと共に出ていくことにした……らしい。

（なにが手切れ金だ。僕が冬眠している間に誰かれ構わず連れ込んでたのも知っているんだ……ぞ、なんて）

そこまで考えて、自分のみみっちさと可愛げのなさに脱力する。きっとこれだからフィンは「可愛くない」のだ。

つけっぱなしにしていたテレビからは「今日はとても良い気候になりそうですよ。そろそろ冬眠明け出勤となられる方も多いのではないでしょうか」と朗らかな声が聞こえてきた。見やれば、可愛らしい猫獣人がにこにこと微笑《ほほえ》んでいる。それに「はは……」と情けない笑みを返してから、フィンはテーブルに、ごんっ、と額を打ちつけた。

フィン・クレイヴン、二十八歳。父母共にヤマネ獣人の、生粋のヤマネ獣人。兄弟は、モデルをしている双子の弟が一人。小型獣人、冬眠あり。

趣味は家庭菜園と筋トレ。特技はこれといってなし。日課はゆで卵を毎朝ふたつ食べることと、動物のドキュメンタリー番組を見ること。友達は少なめ、恋人はすぐにでもいなくなりそうな……いや、もういないと言っていいだろう。性格は真面目で陰気で可愛げがない（元恋人曰《いわ》く）。「これ」といった話題も特徴も燃えるものも持たない、面白《おもしろ》みのない獣人。強いて言えば「恋愛対象が男」というのは特筆すべき点かもしれないが、同性婚が認められて久しい昨今、それもそれほど珍しくない。

（可愛くない、面白みがない、冬眠があって面倒くさい）

自分のスペックを悶々《もんもん》と考えながら、目の前のパソコンを立ち上げる。

久しぶりに向かい合った職場のデスク上には、書類も山盛り溜まっており、至るところに付箋やメモ用紙も見える。フィンは溜め息を吐きかけて、ぐっと飲み込む。とにかく目の前の山を少しずつでも片付けていくしかない。冬眠休暇は獣性状仕方のないこととはいえ、休んだ分他者に負担がかかるのも事実だ。フィンもそれをわかっているので、冬眠明けは多少無理をしても仕事に励むことにしている。

「クレイヴンくん」

名前を呼ばれて右後ろを振り返る。と、上司である狐獣人《きつね》のレガットがにこにこしながらフィンを見下ろしていた。

「久しぶりだねぇ。冬眠はどうだった？　もうちょっとゆっくりしててもよかったのに」

「いえ、規則なので。お休みは十分いただきました」

首を振って返すと、レガットは「そぅお？」と笑いながら太鼓腹を揺すった。「狐獣人なのに狸獣《たぬき》人に間違えられるんだよねぇ」と本人は不満そうによく漏らしているが、その体型を見るとわからないでもないな……と思ってしまう。もちろん、本人に直接言ったりはしないが。

「やっぱりクレイヴンくんがいると、ピシッと空気が締まるねぇ。うんうん、いい感じ」

「はぁ」

「ほらよく窓口に来るご年配の方々もね、『早くクレイヴンさんが戻ってこないかねぇ』って言ってたよ」

「そうですか」

「無愛想だけど、窓口ではクレイヴンくんが一番優しいって」

「……そうですか」

褒められているのか貶《けな》されているのかわからないが、おそらく喜んでいいのだろう。地域の人に嫌われてはいないということだ。ほ、とこっそり安堵《あんど》の息を吐く。

「そういえば鼠《ねずみ》獣人のティチムおじいちゃんからお礼状が届いてるよ。ほらよく道を聞きにくる……。『クレイヴンさんは金も酒も受け取ってくれねぇからなぁ』って」

「あぁ、ありがとうございます」

……なんて話をしていた、その時。出動服を身にまとった大型、中型獣人の一団が「いってきまーす」と声をかけながらどやどやと通り過ぎていった。交通機動隊の面々だ。今からパトロールに出るのだろう。

「おやおや、御一行様のおでましだ」

なんと答えていいかわからず曖昧《あいまい》に頷《うなず》く。と、フィンに気付いた交通機動隊の数人が「あ、フィンちゃん」と声を上げた。

「冬眠明けたんだ。いいよねぇ冬眠。あー、俺もがっつり休んでゴロゴロしたいぜ」

「どうも。しかし、冬眠とはそういいものではなく……」

「『どうも』だって～、ウケる。フィンちゃん真面目すぎ真顔すぎぃ。せっかく可愛い顔してるんだしスマイルサービスしたら？　愛嬌《あいきょう》振り撒《ま》くのは小型獣人の務めでしょ」

「それは聞き捨てなりません。小型獣人の『務め』という発言はいささか問題が……」

「はいはーい。フィンちゃんトークはまた今度聞かせてね」

フィンの言葉をことごとく遮り、言いたいことだけ好き勝手しゃべりながら、彼らは通り過ぎていく。中にはフィンより後輩の者もいる。が、誰も彼も遠慮なく「ちゃん」呼ばわりだ。

「ちょっと体が大きいからって、やぁな感じだよねぇ。クレイヴンくんあんまり気にしないでね」

彼らが行ってしまった後、レガットが腕を組んで不満そうに漏らす。

「あぁいえ。慣れているので大丈夫です」

「そんなのに慣れちゃ駄目だよぉ。はー……ああいうガサツで差別的な輩《やから》と話してると心が荒《すさ》んじゃうわ」

やだやだ、と言いながらレガットも自分の席に戻っていく。始業時間はとっくに過ぎているし、そろそろフィンの担当である窓口も混み出す頃だ。

ふ、と小さい溜め息をこぼしてから、フィンは自分のパソコンに向き直った。

（真面目すぎ、……か）

放置しすぎて真っ暗になってしまった画面には、むっつりとした表情を浮かべたヤマネ獣人が映っていた。頼りなくほっそりとしていて、上司や同僚、挙句は後輩にまで「ちゃん」なんてつけられて呼ばれても文句のひとつも言えない、情けないヤマネ獣人が。

フィンは、警察署で働いている。といっても、一般的に想像されるような「体を張って市民を守る警察官」としてではなく、警察事務官として、だ。

主に警察署の窓口で、遺失・拾得事務、免許更新、道路使用許可などの業務をこなしている。

本当のところ、フィンは事務官ではなく普通の警察官になりたかった。ありがちだが、小さい頃にテレビアニメで見た狼《おおかみ》獣人の警察官ヒーローに憧れたことがきっかけだ。彼のように、あらゆる悪党を捕まえる、強い正義の味方になりたかった。

小さい頃は、自分も鍛えれば彼のようになれると信じていた。しかし、所詮小型獣人。体を痛めつけるように筋トレに励んでも、腹を壊すほど無理してご飯《はん》を食べても、怪しげなサプリメントを一日に何錠飲んでも、フィンの体はまったく大きくならないし、背も伸びないし、逞《たくま》しくもならなかった。

小型獣人は、職種の幅も狭い。体を使う仕事は特にそうで、警察官や消防官など最たるものだ。それもまぁ仕方のないこととわかってはいた。例えば中型、大型獣人の犯罪者を取り押さえようとしても、小型獣人では相手にならないからだ。吹き飛ばされて、一般人に被害が及ぶようでは警察官として意味がない。

しかもフィンは「冬眠」のある獣人だから、なおさらだ。

――「冬眠」とは、読んで字のごとく、寒い冬の間を眠って過ごすことだ。元は獣が、餌の採れない冬に、極力活動を減らし体温を低下させエネルギーの消費を抑えるのを目的とする行為のことを指すのだが、獣と近い獣人にも、薄《うっす》らとその習性が残っている。自然の摂理で、行動力が冬場以外に比べて、格段に落ちてしまうのだ。

思考や動きが緩慢になってしまうと、普段の生活がままならなくなってしまう。もちろん仕事なんぞも普段通りにはこなせない。よって、冬眠の習性がある者は、その期間、きちんと休暇を取ることが社会的にも保証されている。俗に言う「冬眠休暇」というやつだ。それは獣人達の間ではごく当たり前の決まりなので、誰も何も文句は言わない。

(……とはいえ、冬眠に対するやっかみがまったくないかと言われるとそうでもないしな)

ぷし、と炭酸水の入った缶のプルタブを引きながら、ふ、と吐息に近い溜め息を漏らす。

久しぶりの仕事を終えて、部屋に帰って一人。いつも通りゆで卵をふたつ茹《ゆ》でて録画していた動物のドキュメンタリーを見ながらソファの上で膝を抱え物思いに耽《ふけ》る。

冬眠なんて、そういいものではない。ほとんど寝たまま過ごすので、必然的に体力や筋力は落ちるし、「長く休めていいな」「俺も冬眠のある種族に生まれたかったぜ」なんてやっかみ混じりに言われるし。フィンからしてみれば、損以外のなにものでもない。

（寝てると、なんにもできないし）

ロディには先程「別れよう」とメールで返事を送った。すぐに「オッケー。今までありがとうね」と調子のいい文言が返ってきたところから見るに、彼にはなんの未練もないらしい。まぁあんな喧嘩《けんか》を売るような言い方をしてきたくらいだから、当たり前といえば当たり前だ。

もっと悲しんだり、怒ったりすればよかったのだろうか。フィンは自分の頰《ほお》に手を当ててみた。ぐい、と上に引っ張って無理矢理笑いの形にして、むに、と下に引っ張り悲しんだ形にして。そして、しょんぼりと溜め息を吐く。

「表情が乏しい」

「何考えてるのかわからない」

「真面目な変わり者」

「可愛い顔してるのにもったいない」

それらはすべて、よく周りから言われることだ。

どうしてだかわからないが、昔からこうなのだ。いまいち感情が表情にのりにくく、その顔でしゃべると「可愛くない」「なんか変わってるね」と評される。

見た目が可愛い、とは言われる。ヤマネ獣人は背が低くて尻尾が長く、愛らしい顔付きの者が多い。フィンもご多分に漏れず、背は低くて顔が小さく、目はくりっと丸く全体的に小作り。たしかに可愛いと言って相違ない見た目をしている。だが「可愛いね」と言われるのは知り合ってすぐ、最初のうちだけだ。そのうちに、みんなフィンから離れていく。「想像と違った」なんて言って。

目に指を当て、下にさげて悲しい表情を作る。自然にその顔が作れない自分が不甲斐《ふがい》ない。

「悲しいさ、ちゃんと」

何も感じていないわけではないのだ。嬉《うれ》しい、悲しい、楽しい、怒っている、驚いている。多分、皆と同じように感じているはずだ。

「はぁ」

いかにも「疲れた」と言わんばかりの溜め息が漏れてしまって、フィンは顔から指を離して軽く頭を振った。

ロディとは半年の付き合いだったが、何度浮気されたかわからない。冬眠に入る前に知り合って、同居して、そのうちにフィンは冬眠することになって。それからすぐに、ロディの浮気が始まった。なにしろ、ロディは浮気相手をこの部屋に連れ込んでいたのだ。

いくら冬眠しているからといって、まったく目が覚めないわけではない。食事もするし、風呂にも入る。自身の家で浮気なんてされれば、それは気付かないわけがないのだ。

ふと目が覚めた時に、別の部屋から聞こえてきた睦《むつ》み合う声に最初は驚いたし戸惑ったし、怒りも湧いた。だが、フィンには何もできなかった。とろとろと溶けそうな微睡《まどろみ》の中で、怒りと悲しみを抱いたまま眠るしかなかった。とにかく、満足に立ち上がって文句を言いにいくことすらままならないのだ。もしかしたら冬眠が見せた悪夢かもしれない、とすら思っていた。いや、期待していた。しかし、浮気は一度では終わらなかった。また、ふと目が覚めた時に恋人以外の声が聞こえてきたのだ。

「ねぇ本当に大丈夫？　目ぇ覚まして怒鳴られたりしない？」

びくっ、と体が震えた。しかしその一瞬後に聞こえてきた恋人の「平気だよ」の声に、今度は違う意味で震えた。

「冬眠してる時ってほぼ反応しないから。どんなに騒いでも二、三日起きないよ」

「へぇ、そうなんだぁ」

「そうそう。だからつまんなくってさぁ。一緒に遊んでよ」

「ええ～。ふふ、スリリングすぎるでしょ」

そこまで聞いた後、緩慢な動作でゆるゆると布団を被《かぶ》り、枕に顔を押し付けて何も聞こえないようにした。少し我慢すれば、夢も見ぬほどの深い眠りが訪れるとわかっていたからだ。

そうやって、ロディの不誠実を見て見ぬふりをしながら迎えた春。ついに別れを切り出された。

『そして番《つがい》となった若いメジロの夫婦は、巣作り、子育てに励むのです』

静かで耳に優しいナレーションが流れる。ぼんやりと眺めるテレビの中では、小さな鳥が仲睦まじげに寄り添っていた。そういえば、こうやって動物ドキュメンタリーを毎日見るのも、ロディからしてみれば「おかしい」ことだったらしい。「もっと楽しい番組見れば？」と変なものを見る目をして、何度も言われた。

ロディのアドバイスに従って、彼がいる時はドラマやバラエティ、音楽番組などを見るようにしていた。……が、いない時は、録画したドキュメンタリーを貪るように見た。

フィンからしてみれば、この番組こそが一番「楽しい」と感じるのだ。

（動物は、表情を作ったりしないし）

誰も、動物に「愛想をよくしろ」なんて言わない。「笑え」も「泣け」も強制しない。自然のままに生きる動物たちを見るだけで、フィンの心は癒される。

『それでは、夫婦の愛の囀《さえず》りを聞いてみましょう』

テレビの中では、メジロの夫婦が仲良く囀り合っている。きっと彼らは、一生を一緒に過ごすのだ。明るい未来が約束されている。

フィンはそれを「羨《うらや》ましい」と思う気持ちにぱたりと蓋をした。

（いつものことだ、まぁ……いつもの）

フィンはよく告白される。そして、よく振られる。別れの理由はロディと同じ、「冬眠期間がつまらない」そして「その性格が嫌。もっと可愛い人かと思ってた」だ。つまり、見た目で寄ってこられて、中身で幻滅される。そんなことを何度も何度も繰り返して、すっかり自分という人間に自信がなくなってしまった。

ロディが浮気をしていると知りながらすぐに追い出せなかったのは、冬眠中だったこともあるが、恐怖心のせいもある。「彼を逃せば、自分はもう誰にも愛されないのではないか」と、フィンは常に恐れていた。だから、いつも以上に黙っていた。部屋に泊めて欲しいと言われても、浮気されても、たまに「小遣いちょうだい」なんて金をせびられても。黙ってロディの言うことを受け入れていた。

(でも、結局振られた)

変えられない自分の体質を恨むことも、冬眠すら待っていてくれない恋人を恨むことも、中途半端にしかできない。

抱えた膝に顎をのせる。そして、長い尻尾を頭に伸ばし、ぽす、ぽす、と頭を撫《な》でた。自分で、自分を慰めるように。

二

「お待たせしました。季節野菜の彩りサラダと、白身魚と木の実のパイです」

仕事終わり。フィンは、行きつけのレストランに寄っていた。小型、中型獣人をメインターゲットに据えているらしいこの店は、こぢんまりとしていて、食事の内容も軽めだ。店内は居心地の良い雰囲気で、フィンはここ数年定期的に通っている。

朝と夜の寒暖差が少なくなって、過ごしやすい気候になってきた。フィンは、白いカッターシャツの襟元を少しだけくつろげて、料理の脇に置かれたフォークを手にする。

「いただきます」

春がふんだんに詰まったサラダは、目にも鮮やかで味ももちろん美味《おい》しい。心の中で感動を噛み締めながら、フィンはしゃくしゃくとサラダを食べ進めた。

外はさっくり、中はあつあつとろとろのパイも、とても美味しい。木の実のペーストが練り込まれたホワイトソースは絶品だ。

「ふぅ」

あらかた食べ終えてから、フィンはひと息吐くついでに店内をちらりと見渡す。

洒落《しゃれ》た照明にどっしりとしたテーブル、少し色褪《あ》せたテーブルクロスはそれはそれでなんだか味がある。

足繁《しげ》く通うようになると、やはりある程度店員の顔も覚えるもので。

(厨房《ちゅうぼう》の彼は、冬眠明けか)

フィンは、カウンターの向こうに見える厨房をちらりと眺めた。そこには、フライパンを振るうリス獣人がいた。

大きな尻尾が特徴のリス獣人の彼は、多分、冬眠があるタイプだ。冬の入り口くらいから見かけなくなり、春になると戻ってくる。フィン自身冬眠に入るので冬中ずっといないかどうか定かではないが、同じ冬眠がある者同士、なんとなく察するものがある。

(彼も『冬眠が嫌だ』なんて思ったりするのだろうか)

こんなことを考えてしまうのも、冬眠明けから色々あって気が滅入っているせいだろう。フィンは溜め息混じりに首を振る。

(ん?)

と、視界の端に、どう見ても小型獣人でない影が映った。目隠しとなっている植物に阻まれて見えにくいが、その体格は、どこからどう見ても大型獣人だ。

(珍しい)

失礼だとは思ったが、植物の隙間からじっと見てしまう。比較的小さな造りのテーブルに腰掛ける彼らは、心なし背を丸めているように見える。あまり雰囲気と合っていないというか、可愛い人形遊びの場にゴツくてリアリティのあるフィギュアを紛れ込ませたような違和感があった。

(熊獣人と……もう一人は、豹《ひょう》獣人か?)

職業柄、色々な獣人と接することがあるが、熊獣人も豹獣人も珍しい。ましてやその取り合わせなど、小型獣人向けの店が並ぶこの界隈《かいわい》では、滅多にお目にかかれない。見るとはなしにそちらを眺めていると、豹獣人の方がひょいと顔を上げた。離れてはいるが向かい合う方向に座っていたフィンと、ぱち、と目が合う。

色素の薄い白に近い金髪に、これまた雲のない青空のように澄んだ碧眼《へきがん》。がっしりとしていて逞しいのに、それほど恐ろしく見えないのは、顔付きが柔らかいせいだろうか。程よいタレ目で、全体的に柔和な雰囲気が漂っている。

まじまじと見つめていると、豹獣人の彼もこちらをじっと見ていることに気が付いた。軽く目を見張り、何かに驚いたかのようにぽかんとフィンを見ている。

(あ、まずい)

そこでようやく自分の行動の不躾《ぶしつけ》さに気付き、フィンは顔を下げる。いくら店内の雰囲気にそぐわないからといって、食事中の人物をじろじろと眺め回すなんて、失礼極まりない行為だ。

誤魔化すように腕の時計に視線を落とし、は、と顔を上げて「すみません」と店員を呼んだ。いつの間にか、ラストオーダーの時間が迫っていた。

「季節のケーキとジェラートのセットをひとつ」

「かしこまりました。……一緒に紅茶はいかがですか? 店長が良い茶葉を仕入れてきたんです」

注文を聞いた蛇獣人らしい店員が、窺《うかが》うように首を傾《かし》げた。フィンがよく紅茶を飲むことを覚えていてくれているが故の言葉だろう。フィンは悩むことなく「そちらもお願いします」と頭を下げる。こういった小さな気遣いもまた、この店に通い続ける理由のひとつであった。

先程視線を向けていた方を、今度は意識的に見ないようにしながら、フィンは細く溜め息をこぼした。

＊

店を出て、少し膨らんだ腹を手のひらでゆるゆると撫でる。久しぶりにお気に入りの店を訪れることができた、という高揚感も手伝い、いつもより食べすぎてしまった。

やはりデザートはケーキだけにしておくべきだったかもしれない。なんてことを考えながら、ふと空を眺める。

「はぁ」

春の夜空はなんとなく霞《かすみ》がかっていて、淡い。端がほんの少し齧《かじ》られたように欠けた月が、ぽつ、とひとりぼっちで浮かんでいた。

（僕みたいだ）

何か足らず、誰からも「物足りない」と言われるひとりぼっち。月と自分を重ねるなんてセンチメンタルなことをしてしまって、フィンは「ふ」と鼻で笑った。

家に帰っても、ロディはもういない。フィンが仕事に行っている間に荷物を運び出したらしく、気が付いたら彼が使っていた部屋はもぬけの空だった。ごみ袋に詰められた不要品だけがふたつみっつ置き土産《みやげ》代わりに置いてあり、フィンを脱力させただけだ。

「部屋を見つけるまで置いてくれ」なんて言わなかったところを見ると、彼にとっては計画的な別れであったのだろう。

一人の部屋に帰るのが寂しいわけではない。が、心なし寒々しくなった部屋を見ると、なんとも言えない感情になることはたしかだ。フィンは空に浮かぶ月をじぃっと眺めてから、今日何度目になるかわからない溜め息をこぼした。

「……て、ください」

「え〜、いいじゃん。仕事終わりでしょ？　一緒に飲みにいこうよ」

と、店の奥の方へと通じる道から、言い争うような声が聞こえてきた。

（ん？）

今出たばかりの店の、その脇にある道を覗《のぞ》く。と、薄暗闇に二、三人、押し問答しているのが見えた。

（あれは……、料理人の）

中型獣人らしき、上背のある男二人の陰にちらちらと垣間《かいま》見《み》える大きな尻尾には見覚えがあった。店の料理人である、リス獣人の彼のものだ。どうやら絡まれているらしく、腕まで摑《つか》まれている。

ざっと状況を見て判断して。フィンは「すみません」とリス獣人と中型獣人二人の間に体を滑り込ませた。

「は？」

中型獣人二人が驚いたような顔をフィンに向ける。……が、フィンが小型獣人だとわかると、瞬間的に硬くした表情をいやらしく緩めた。

「なんだぁ？　可愛いこちゃんが増えたなぁ」

「知り合い、じゃないな？」

目の前の中型獣人ではなく、背後のリス獣人の料理人に問うように話しかける。ついでに、彼の摑まれた腕をさりげなく解放する。ちらりと見やれば、足元にごみ袋が見えた。どうやら店のごみ捨てに出たところを絡まれたらしい。

中型獣人の二人連れは赤ら顔をしており、吐息は酒臭がする。どうやら強《した》か酔っ払っているようだった。フィンはきゅっとまなじりを吊《つ》り上げる。

「俺たちゃ今からお知り合いになるところなんだよ」

「あんたこそ、この子の知り合いか？　関係ないならすっこんでろ」

もちろん知り合いではない。が、長く通っている店の顔見知りの店員だ。望まぬ誘いに明らかに嫌がっている彼を、警察としても、フィン個人としても見て見ぬふりはできない。

「友人だ。仕事終わりに会う約束をしていた」

最後に「な？」と、背後の彼に目配せと共に聞いてみれば、ハッとしたように耳を跳ねさせた彼は、こくこくと頷いた。どうやら彼の方もフィンに見覚えがあり、信頼してくれているらしい。少なくとも、目の前でにやつく獣人達よりは。

「別の友達も待たせているんだ。……ほら、ライリィ達が待ってる。彼はせっかちだから、早く着替えてきた方がいい」

前半は目の前の男たちに、後半はリス獣人の彼に向けて言う。「ライリィ」とは、口から出まかせの嘘《うそ》の友人だ。

目だけを素早く動かしつつ、できるだけ自然に見えるように店への通用口を指す……と、フィンと通用口とを数度見比べてから、リス獣人の彼は、タッと駆け出した。どうやら「早く逃げろ」というフィンの意図を汲《く》み取ってくれたらしい。

「はぁ～？　ちょっと待ってよぉ。俺らとも遊べばいいじゃん」

中型獣人の一人が、走る彼の尻尾に手を伸ばす。フィンはその腕の先にグイッと体を割り込ませ、少々手荒に叩《たた》き落とした。

「は？　何すんだよ」

「何するんだ、はこっちの台詞《せりふ》だ。許可なく人の腕を掴んではいけない」

それがふざけ混じりのものであったとしても、自分より大型の獣人の威嚇や接触は、とても恐ろしいものである。

フィンは、きっぱりと首を振った。

「なんだとぉ？」

そんなフィンの態度を「生意気」だと思ったのだろう。男達は憤ったように肩をいからせる。が、フィンは男達を、さっ、と手で制した。

「なっ」

「結構な量を呑《の》んでいる。違うか？」

話を切り替えるようにわざと大きな声で指摘してみる。と、案の定男達は赤ら顔を見合わせた。

「こんな夜に酔っ払って小型獣人に絡むなんて、警察に通報されるぞ。ここらへんは軒並み小型獣人向けの店だから、警察の見回りも多いしな。きっとすぐに駆けつけてくれる」

「は？」

「通報される前に、僕が今ここで『助けてくれ！』と叫んでもいい。僕とごちゃごちゃ言い合う前に去った方が身のためだ」

　そもそも、自分自身が警察なのだが。しかしそれをここで主張して警戒されることは得策ではないとみて、フィンは一般人のふりをして嗜《たしな》める。正面からぶつかり合うよりも、その気勢をいなしたり躱《かわ》したりする方が、自分のような小型獣人警察官には向いているとわかっているからだ。小型獣人には小型獣人なりの、揉《も》め事の解決方法がある。

「け、警察？」

「おい。なぁ、行こうぜ」

　威嚇しても動揺すらしないフィンの態度に怯《ひる》んだのか、それとも「警察」という言葉が効いたのか。男達はわずかに耳を伏せてきょろきょろとあたりを見やっている。片方が片方を促す形で、彼らは店とは反対の方向に歩き出した。

（やれやれ）

　彼らの姿が見えなくなるまで待ってから、フィンはホッと胸を撫で下ろす。

　きっと今までもああやって半ば脅すような態度で小型獣人に声をかけていたのかもしれない。

（警察を呼んでおいた方がよかったかもしれないな）

　とりあえず、この付近の見回りの強化を担当部署に願い出ようと心の中で算段をつける。

「あっ、あの！」

ぽっ、と弾けるような声がして、顔をそちらに向ける。と、先程店に飛び込んだリス獣人の彼がいた。そして、その背後には……。

「ん？」

店で見かけた熊と豹の大型獣人の二人連れが並んでいた。フィンはその組み合わせに驚いて目を瞬《まばた》かせる。

「あっ、えっと、二人は俺の知り合いで……」

「助太刀に出ようかと思いましたが、無用でしたね」

一歩前に出てきた熊獣人の方がそう言って、深々とフィンに頭を下げた。

「恋人を助けてくださって、ありがとうございました」

「あっ、ありがとうございました！　助かりました！」

どうやら熊獣人はリス獣人の恋人らしい。小型獣人向けの店に大型獣人がいた謎が解けて、フィンは内心「なるほど」と頷く。

「いえ、当然のことをしたまでなので」

首を振れば、リス獣人の彼がピピッと耳をはためかせた。そして、エプロンの前をぎゅうと握って、もう一度頭を下げる。

「俺、俺、何もできなくて、逃してもらって……すみません」

「何も？　助けを呼ぼうとしてくれたんだろう？」

おそらく、店に恋人である熊獣人の彼がいるとわかっていたから、迷いなく逃げたのだろう。咄嗟の判断として間違っていない……どころか、何かあった時にはそうしてもらった方が助かる。

「でも……」

言い淀《よど》むリス獣人の彼に、フィンは、ん、と咳払《せきばら》いして「実は」と続けた。

「こう見えて、警察官なんだ」

「え、警察っ？」

驚いて丸い目をさらに丸くする彼は、本当に素直なのだと伝わってくる。

「そう。市民の安全を守るのも仕事のうちだから、そんなに恐縮してくれなくていい。こちらこそ、助けようとしてくれてありがとう」

礼を言って頭を下げる……と、リス獣人の彼が、ふにゃ、と相好を崩した。同性の小型獣人であるフィンから見ても愛らしさを感じる、明るい笑顔だ。フィンもつられて笑いたくなる。多分、表情はいつも通りの無表情なのだろうが。

……と、それまで黙って、どこかぼんやりとフィン達のやり取りを見ていた豹獣人の男が、ぬっ、と一歩前に出てきた。

「あの……！」

「ん？」

彼が前に出ると、リス獣人の彼が「テイラーさん？」と戸惑ったように声を上げた。どうやらこの豹獣人は「テイラー」という名前らしい。

「その……、こちらのお店、よく来られるんですか？」

「？　あぁ。料理がとても美味しいので」

ちらりとリス獣人の彼を見やってそう言えば、彼と、その隣に立つ恋人の熊獣人が微笑んだ。

「警察官、で、いらっしゃる」

「あぁ」

たしかめるように問われて、フィンはこくりと頷いた。途端、目の前の豹獣人の尻尾がそわそわそわっと膨らんだ。

「俺、テイラー・クラークっていいます。消防官をしてまして、あの……この街の消防署に勤めています」

「はぁ、なるほど」

「はい。あ……、お名前を伺ってもいいですか？」

「僕の？　クレイヴンだ。フィン・クレイヴン」

リス獣人の彼の知り合いだし、悪い人ではないだろうとあたりをつけて、素直に名前を伝える。と、

豹獣人……テイラーが「フィン・クレイヴンさん」と噛み締めるようにフィンの名前を繰り返した。白いその頬がわずかに上気しているように見えて、フィンは、はて、と首を傾げる。と、その時。

「フィンさん、あのっ」

「え？」

テイラーの手がフィンの肩に伸びかけて、途中で止まる。なんとなく、そこに配慮のようなものを感じ取って、フィンは目を瞬かせた。おそらく彼は、小型獣人であるフィンを驚かせないために手を下ろしたのだろう。

威圧的なタイプが多い大型獣人にしては珍しい動きに、「ほぅ」と思っている間に、「あの」を三回ほど繰り返したテイラーが最後にもう一度、区切るように「あのっ」と声を上げた。

「俺と、お、付きー……、や、おっ、友達になってくれませんか！」

「……ん？」

「えっ？」

「ん？」

フィン、そしてリス獣人の彼、その恋人の熊獣人の声が重なる。みんながみんな、ぽかんとした顔をしたままテイラーを見やる。

「んん？」

もう一度疑問の声をこぼして見上げたテイラーの顔は、上気どころか、夜目にもはっきりとわかるほど、真っ赤に染まり切っていた。

三

緑が眩《まぶ》しい新緑の季節。フィンは尻尾を左右に揺らして、石畳の道をせかせかと小走りに急いでいた。

「はぁ、もう、結構暑いな」

もう夏に片足突っ込んでいる時期だからか、少し動くだけで汗ばんでしまう。額の汗をハンカチで拭い、それでも懸命に足を動かして目的地を目指す。

慌てて飛び込んだ駅前の広場。待ち合わせらしい人達でごった返すその人混みの中で、「彼」は一際目立っていた。

頭ひとつ抜きん出る高身長、肉食獣だとひと目でわかる精悍《せいかん》な顔立ち、がっしりとした筋肉のせいでパツンと張ったシンプルなシャツにズボン。周りの人もちらちらと彼を窺っているのが見てとれた。

たしかに、フィンも彼が待ち合わせの相手でなければ「目立つな」と眺めていたかもしれない。

「テイラー、くん」

わずかに息を切らし名を呼べば、彼ことテイラーが、柔らかそうな金髪を揺らしながらパッと顔を上げた。

「フィンさん！」

下を向いていた時には冷たくすら見えたその顔が、きらきらと真夏の太陽のように輝く。鮮やかなその変化に、フィンは苦笑う。イケメンといえばもちろんイケメンなのだが、なんとなく犬のような可愛さがある。毛足が長くて大きい犬……そう、例えばゴールデン・レトリバーのような。

ネコ科である豹獣人を犬に例えてしまう自分の不適切さに内心笑いながら、フィンはテイラーに向かってきっちり頭を下げる。

「悪い。待たせてしまった」

「いやいやいやいや、まだ待ち合わせ時間の十分前ですし。ていうか、その、うー……」

突然、何故かテイラーが唸《うな》り出した。それこそ、まるで本物の犬のように。

「え、どうしたの？」

「いや、その、私服のフィンさんがいるなぁと思って」

額を押さえながらそう呻《うめ》くテイラーの尻尾は、右に左にゆらゆらと揺れていた。その尻尾の動きと表情から察するに、どうやら喜んでいるらしい。

「もちろんいるさ。約束しただろう」

言葉の意味がよくわからず、少し考えてそう呟《つぶや》けば、テイラーが「そうですよね」と顔を上げた。と同時に、すっ、ときっちり頭を下げる。

「今日はよろしくお願いします」

「こちらこそ、よろしくお願いします」

そこでわざわざ頭を下げるその律儀さを眩しく思いつつ、フィンももう一度頭を下げた。二人して深々と頭を下げ合うなど、はたから見れば不思議な光景かもしれない。しかし、フィンは至って真面目だったし、テイラーもそのように見えた。

今日はそんな二人が「友達」として初めて遊ぶ日である。

＊

ある意味衝撃の出会いを果たした「あの日」にテイラーが言った「友達になりたい」は、冗談でもなんでもなかった。

曰く「自分より大きい種族の獣人に臆することなく立ち向かう姿に感銘を受けて」ということらしい。ビビッとくるものがあったのだ、と熱く語られてしまった。

初めは何の冗談を……、と軽くいなして終わろうと思ったが、その場にいたリス獣人の彼（後々になって、彼がリック・エドワーズという名前であることを知った）と、その恋人に「テイラーさんは冗談でこんなことを言うタイプではないんです」「真面目な男なんです」「いい人なんです」と重ねるように言われてしまって。

（大型獣人が、友達……？）

レストランにしてもそうだが、獣人の種族によって生活圏は分かれがちだ。それが交わることはあまりない。侮られることが多い小型獣人と能力値の高い大型獣人とは、特に。リックとその恋人は、かなり珍しいタイプだと思う。

「友達になりたい」と言ったテイラーはそわそわと耳を跳ねさせていて、リック達の言うように、およそからかっているようには見えなかった。結局「もしよかったら」と再度頭を下げられて、まぁ友達なら……、と受け入れた次第である。

とはいえ「しばらく会うことはないだろうな」とたかを括《くく》っていたのだが……再会はすぐに訪れた。場所はそう、あのレストランだ。どうやらテイラーは「あの日」以来こまめにあの店に通っていたらしく、店で鉢合わせた時に「あ、会えた！」と感動の面持ちで微笑まれてしまった。

思えばその時から、テイラーが大型犬のように見えてきたのだ。わふわふと足元に擦り寄ってきて「嬉しい嬉しい、会えて嬉しい」と全身で伝えてくるような、そんな。

実際のテイラーは、押し付けがましくなく、さりげなく寄り添うように近付いてきた。緊張気味に「お久しぶりです」と頭を下げて。多分、フィンが拒否すれば引いてくれただろう。そんな気がした。

その偶然（というにはいささか計画的ではあったが）の再会から、テイラーとは定期的に顔を合わせるようになった。場所はいつもあのレストランだ。

顔馴染《なじ》みになると、フィンの警戒心も解けてきて、ちょこちょこと会話をするようになった。そのうちに、交換していた連絡先でやり取りするようになって、電話もするようになって……。少しずつ少しずつ、亀の歩みのごとき速度で親交を深めておよそ三ヶ月。フィンの携帯電話に「今度、昼間に出かけませんか」とメッセージが届いたのが、一週間前のこと。あの店以外で会おうと誘われるのは初めてだった。

少し躊躇《ためら》いはしたものの「それもいいか」と思えたのは、やはりこの三ヶ月のやり取りが、フィンにとっても楽しいものであったからに他ならない。

とはいえ「遊び」に対して、不安がないわけではなかった。不安というのは、テイラーに関するものではない。フィン自身の問題だ。

（僕と遊ぶのは、きっとつまらない）

というのも、ロディはじめ歴代の彼氏、そして離れていった友人達からはことごとく「フィンと遊ぶのって、んー……なんかつまらない」と言われていたからだ。どうも、フィンの表情があまりにも変わらないことが原因らしい。フィン自身は楽しんでいるつもりでも、言動や表情からそれが伝わらないのだ。

今のところテイラーから苦情を受けたことはないが、内心呆れたり、嫌になっていないのだろうか、とは思っている。「友達になりたい」と言ったことを後悔していないか、聞きたいような聞きたくないような……。なんとも複雑な気持ちであった。


そんな諸々を考えながら、今回のお出かけに至ったわけだが……。

「テイラーくん？」

目の前にそびえ立つゴールポストを眺めながら、フィンは言葉を失う。

「はい。どうしました？」

テイラーはその大きな手でバスケットボールを鷲《わし》摑みにしてから、人差し指の先でくるくると回している。「おぉ」と思いながらその回転を眺め、話の途中だったことを思い出す。

「いや、バスケットボールだな、と」

見えているものをそのまま伝えると、テイラーは愉快そうに「バスケですよ」と頷いた。

「フィンさん、バスケとか体を動かすのが好きって言われてたから、遊ぶのにどうかなって思いまして」

にこにこと笑うテイラーに、含んだところはない。純粋にそう思っているのだということが、よく伝わってきた。

（たしかにそう言いはしたけども）

前に一度、会話の中で「体を動かすのが好き」「特に球技全般が好き」という話になったことがある。だがそれはほんのちょっとで、たった一回きりのことだった。テイラーは、その一回の会話を覚えていたということだ。

「まさか実際にすることになるとは思ってなかったから。なんというか、こう、出かけるといったら落ち着いた場所に誘われることが多くて。驚いた……うん、驚いた」

素直にそう伝えると、テイラーが「フィンさんは正直だなぁ」と笑った。

フィンは思ったことをそのまま口にしがちだが、それで得をしたことはあまりない。どちらかというと、煙たがられることの方が多い。それを、まるで美点のように言って笑うテイラーの感覚がわからず、フィンは首を傾げる。しかしまぁ、「そんなこと言うならやめときましょう」と言われないだけいいのだろう。

（驚いた……けど、嬉しい）

「はい、初めはフィンさんボールでどうぞ」と放られたボールを受け取り、テイラーが『動きやすい服で来てくださいね』とメッセージで言っていた理由を悟ったのであった。

――ここは、色々なスポーツが楽しめる運動を主とした施設だ。バスケットボールはもちろん、ボウリングやダーツ、フットサルにバッティングマシーン、インラインスケートなども楽しめるらしい。そういう施設があるということは知っていたが、来たのは初めてだ。友人とも、そして、恋人とも一度も訪れたことはない。

フィンの見た目のせいか、「体を動かそう」なんて誘ってくる人がいないのだ。出かけるといえば、食事や映画、ドライブに旅行、美術館に水族館にプラネタリウム。そういう落ち着いた場所に誘われることが多かった。そういった場所も苦手というわけではない、のだが、フィンは筋トレが趣味なだけあって、スポーツがとても好きだった。観戦も、そして体を動かすことも。

自分からスポーツ観戦に誘ったりしてみたことはあるものの、「全然楽しそうじゃないけど、本当に好きなの？」と言われて以来、そういう場所には一人で行くようにしている。体を動かすスポーツの方も、同じくだ。

結局、競技スポーツは学生で卒業し、今は警察の定期訓練で体を動かしたり、個人でトレーニングする程度にとどまっている。ボールを手に持つのも、数年ぶりだ。

（だから、なんていうか、こういうの……）

「楽しいなぁ」

ぽつ、と呟くのと同時にボールが、ざんっ、とゴールポストに落ちていく。

「うぁ――！　また追いつかれた！　フィンさんバスケめっちゃ上手《うま》くないですかっ？」

後ろから走ってきたテイラーが、ぐわっと喚《わめ》いて、てんってんっと転がってきたボールを拾った。

息はほとんど上がっていないが、わずかに汗ばんでいるのが見てとれる。フィンもまた、額に薄らと汗をかいていた。

「よし、これで二十八対二十八だな」

「っす！　先に三十点取った方が勝ちですからね！　次で決まりますよ」

その場でドリブルしながら、テイラーが不敵に笑う。どうやら本気で勝負に燃えているらしい様子を見て、フィンもまた「望むところだ」と返した。

「フィンさん、楽しいですか？」

ダン、ダン、とボールをコートに弾ませながら、テイラーが問うてくる。フィンはボールを狙うように腰を落としたまま、逆に問うた。

「楽しそうに見える？」

ぱちぱちっと目を瞬かせたテイラーが、はっ、と弾けるように笑った。

「だったらいいなぁって思います！」

「楽しくなさそう」でも「わからない」でもなく、「フィンが楽しんでくれていたらいいな」と言うテイラーの素直さに、フィンは思わず吹き出した。表情は変わらないながら「ふっ」と空気が口から溢《あふ》れる。それから、口元を手の甲で拭って数度頷いた。

「楽しい、とっても」

「……っ、よかった！」

心底ホッとしたように笑うテイラーの手からボールがこぼれる。焦ったテイラーが「わっ、わっ」とボールを追い、フィンもそれを追いかける。短い会話が終わり、勝負の再開だ。

（……しかし、実際のところ）

こんなふうに対決を楽しめているのは、テイラーの気遣いによるところが大きいと、フィンは気付いていた。

大型獣人と小型獣人では体格の差がありすぎて、普通なら勝負にならない。テイラーが、ラフなプレイにならないよう気を付けているから、互角に戦えるのだ。

（優しいんだな）

いい歳《とし》をした自分をこんなところに連れ出すなんて……、とまったく思わなかったかと言われれば嘘になる。が、そんな思いは、ボールを握ってものの数分で吹き飛んでしまった。

（そういえば、年齢の話はしたか？）

今さらなことを思い浮かべるのと同時に、テイラーの投げたボールが空に舞い上がる。それを追いかけてタイミングよくジャンプしながら、フィンは頭の中でこれまでのテイラーとのやり取りを思い出していた。

（テイラーくんは、いくつなんだろう）

はて、と悩むフィンの指先にボールが触れる。弾くようにして床に落としてから、フィンはボールを追いかけて颯爽《さっそう》とコートを蹴った。

四

「えっ……二十一歳っ？」

「はい。今年二十二歳になります。あれ、言ってませんでしたっけ」

目の前でもぐもぐと肉を嚙み締めながら、テイラーが首を捻《ひね》る。その眼前に立ちのぼる煙を呆然《ぼうぜん》と眺めながら、フィンはふるふると首を振った。

「いや、聞いていない」

バスケットボールを楽しんで（最後はフィンがスリーポイントシュートを決めて終わった）、ボウリングにビリヤード、インラインスケートにバッティングまでどっぷりやり尽くして、二人はスポーツ施設を後にした。外に出ればもう夕方で、夕飯でも食べにいくかな……と算段するフィンに、テイラーが「おすすめの店があります」とにっこり笑ったのだ。

そして連れてこられたのが、この焼肉屋。よくある広々とした排煙機能にすぐれた店ではなく、個人が経営しているこぢんまりとした店で。店内は熱気と煙に満ちていた。見るからに大型獣人と中型獣人が多かったが、テイラーがするりと壁際にフィンを案内し、その目の前にのっしと座ってくれたので、他の客はあまり気にならない。

とはいえ、焼肉。焼肉なのだ。

（なんというか、若い）

実のところ。フィンは少しだけ、テイラーがフィンに「恋愛的な感情」を抱いているのかと思っていた。最初に「友達になって欲しい」と言った時明らかに挙動不審で顔を赤くしていたし、散々やり取りしたメッセージも「フィンさんと会いたいです」「フィンさんといると楽しいです」「フィンさんの好きなものが知りたいです」と、なにかというとフィンに好意を示していたからだ。

（だけどまぁ、本当に「友達」という雰囲気だな）

目の前でガツガツと肉を食らうテイラーは、微塵《みじん》も緊張しているようには見えない。「あ、焼けてますよ」とフィンの皿にがんがん肉を重ねていく姿は、どう見ても恋する男のそれではない。しかも

「締めはラーメン行きましょう。美味《うま》い店知ってます」なんて言ってくる始末だ。ちなみにフィンは「見てるだけでいいなら」と譲歩だけした。残念ながら、焼肉とラーメンをいっぺんに収めるだけの胃袋を持ち合わせていなかった。

自分の勘違いというか自惚《うぬぼ》れというか、自意識過剰っぷりが恥ずかしい。フィンはじゅうじゅうと脂を落とす肉を見つめたまま、あぁ、とさりげなく額に手を当てた。

「フィンさんも同年代かなって思ってたんですけど」

驚くほどに大きな肉の塊を野菜と一緒にむしゃむしゃと飲み下したテイラーが、不思議そうに首を傾げる。

「いや。僕は今年二十八だ」

「え？」

「二十八歳」

右に、そして左に首を傾げたテイラーが、「えっ！」と大きな声を上げる。が、隣のテーブルの「乾杯！」という声とグラスのかち合う音にかき消されたので、そこまで大きくは響き渡らなかったが。

しばしぽかんと口を開けはなったテイラーは「むっつうえ……」と明らかに呆然とした様子で呟いた。

「六つ上だな」

若く見られることは多い。なにしろ小型獣人なので背も低いし、フィンは顔も童顔だからだ。だからこそ職場でも年下に「フィンちゃん」なんて呼ばれ、侮られているわけだが。

テイラーがどんな顔をしているのかなんとなく見たくなくて、フィンは炭酸水の入ったグラスを仰いだ。口の中でシュワシュワと泡が弾けて心地よい。

「びっくりしました。けど、ちょっと納得しました」

「納得？」

思いがけない言葉に、俯《うつむ》けていた顔を上げる。

焼肉屋の喧騒の中、それでも損なわれない爽やかさを漂わせて、テイラーがにっこりと笑う。

「フィンさんの落ち着きっていうか、格好良さって、たしかに年上の人のそれだよな〜って」

「格好良さ？」

あまりにも自分とかけ離れた言葉をかけられて、思わず眉を持ち上げる。と、フィンのそんな態度をどう思ったのか「格好良かったですよ」とテイラーが左手に持っていた皿を置いて居住まいを正した。

「あの、ナンパしてきた獣人を追い払った時」

「あぁ、初めて会った時だな」

春の、ちょうど冬眠明けのあの日のことだ。フィンの言葉に、テイラーは無言で微笑む。

「エドワーズさんに『変な人に絡まれてる、助けて欲しい』って言われて、俺、そいつらをとっちめてやるつもりで出ていこうとしたんですけど……」

「あぁ」

「そしたらフィンさんがちゃっちゃと追い払ってて。すごく失礼なんですけど、小型獣人なのに凄《すご》いなって思って」

小型獣人が、自分より大型の獣人に立ち向かう場面はそうそうない。だからこそテイラーも前置きをした上で「小型獣人なのに」と言ったのだろう。

「俺は、自分より大型の獣人に接することなんてほとんどないから、その怖さみたいなのちゃんとわかってないと思うんですよね」

「……」

「それでも、俺の貧相な想像でも、それがすごく勇気のいることだってわかるんで。……だから、この人格好良《い》いなって痺《しび》れました」

に、と笑うテイラーは、それこそ万人に「格好良い」と言われそうな精悍な顔を朗らかに崩して、腕を組む。

「なんかもう感動通り越して、やっぱり俺この人のことす…………、友達になりたいなって」

しみじみと語っていたテイラーが、急に言葉を切る。そして、軽く腕を組んだまま、片手で口元を覆った。

「その、はい……友達になりたいって思いました」

わずかに視線を逸《そ》らすその顔が真っ赤に染まっているのは、決して酒のせいだけではないだろう。自身の頬も熱くなるのを感じながら、フィンは消え入りそうな小さな声で「うん」と呟き頷く。

「それは、ありがとう」

まさか年下の、しかも本当に格好良い男からそんなことを言われるなんて、衝撃的だった。同時に、それを臆することも、衒《てら》うこともなく告げられるテイラーが凄いと思った。

嬉しい、とても嬉しい。嬉しいのに、頬が上手く持ち上がらない。フィンは自分の両手を見下ろしてから、人差し指を立て、両頬を「むに」と持ち上げた。

「え、フィンさん？」

妙な行動を取ったせいで驚いたのだろうテイラーが、戸惑ったように目を瞬かせる。ぴぴぴっと跳ねる豹耳を見ながら、フィンは「あのね」と口を開いた。頬を引っ張っているせいで「あのね」というより「ふぁのへ」に近いが、テイラーは真面目な顔をして聞いてくれている。

「今日一緒にいて気付いたと思うけれど、僕は、上手く笑ったりできない……そういうやつなんだ」

ちなみに空気もあまり読めない、と言うと、テイラーが「ははは」と笑った。その明るさに救われて、フィンは頬を吊り上げ続ける。

馬鹿《ばか》なことをしているという自覚はある。無理矢理頬を持ち上げたところで、それは本物の笑顔にはならないことくらい、フィンにもわかっていた。

「でも、今日は本当に楽しいと思ったんだ。今も、とても嬉しい。心ではちゃんと、こんなふうに笑っている」

むにに、とさらに頬を持ち上げて、偽物の笑顔を浮かべて正直に気持ちを告げてみる。テイラーなら、笑わずに聞いてくれる気がした。

「上手く笑えないし、六つも上だけど。……僕も、テイラーくんと友達になれたら嬉しい。とても、嬉しい。から、テイラーくんさえよければ……今後ともよろしくお願い、します」

そのまま、ぺこ、と頭を下げる。

そう、気が付けばフィンもまた、テイラーと友達になりたいと思うようになっていた。彼の隣は、とても居心地がいいのだ。なんというか、不思議と自然体でいられる。

今日、この場に至るまで一度も自身の表情について気にすることがなかった。いつもは一緒にいる相手に「本当に楽しいの？」と聞かれたりするが、それがまったくないからだ。テイラーは一度も、フィンの表情が乏しいことについて言及しなかった。

「それは、反則……」

「え？」

何故か口元を隠したテイラーがもごもごと呟く。上手く聞き取れなくて尋ねてみると「いや」と首を振られてしまった。

「こちらこそ、よろしくお願いします」

耳まで真っ赤に染まっていて、なんだかおかしくて仕方ない。フィンは頬を持ち上げる手を離す。そして、自然の力に任せてわずかに口元を緩めた。笑いの形になったかどうかは定かではないが、情けなく緩んだことだけは事実だ。

「……っ。フィンさん、やばい、肉が入らなくなっちゃいます」

顔を覆っていた手を、今度は胸元に下ろしてシャツを握りながら、テイラーが「くっ」と歯を食いしばる。苦しそうなその様子を見て、フィンもまた眉根に力が入ってしまう。

「なに？　締めにラーメン食べるんだろう。僕も手伝うから一緒に片付けよう」

「そこのラーメン屋めちゃくちゃ美味いんですよ」と楽しそうに語っていた様子を思い出す。それほど楽しみにしているラーメンを食べられないとなると、未練も残るだろう。

「さぁ」とフィンが箸を構えると、ぱちぱちと目を瞬かせたテイラーが、鋭い犬歯を見せながら楽しそうに笑った。

「ふはっ。……ふっ、フィンさんは、本当にいい人ですね」

「……僕が？」

大好物の餌を貰《もら》った犬のようなその反応に、何故だかキュッと胸が引き絞られるような感覚に陥る。

(テイラーくんの方がいい人だ。とても、とてもいい人だ)

大型獣人の友達なんて、初めてだ。何度か一緒に食事をして、やっと一緒に出かけたくらいの関係だが。多分、きっと、おそらく。フィンは目の前の彼のことをもっと好きになるだろうと確信していた。

五

それから、フィンとテイラーは何度も逢瀬《おうせ》を重ねた。フィンが年上だと知り、わずかな遠慮は感じられたもののそのうちそれもなくなって、色んなところに連れ出してくれるようになった。フィンもまたテイラーとのやり取りに慣れて、いつの間にか、堅苦しい他人行儀さは消えていた。

「テイラーくん」

「フィンさん」

歳の差も体格差も、種族さえも違う二人は、そうやって名を呼び合いながら、色々なところに出かけた。

スキムボードにダイビング、登山にキャンプ、テイラーはいつも「一緒に楽しみましょう」とフィンを同年代の友達のように扱った。それは決して不快な態度ではなく、むしろフィンはありがたく感じていた。

大きなテイラーに小さなフィン。周りからは奇異の目で見られることも多かったが、テイラーがまったく気にしないので、フィンも構わずにいられた。テイラーはフィンがどんなに無表情であろうと、とんちんかんなことを言おうと、怒ったりはしなかった。というより、そんなフィンの態度すら楽しんでいるようだった。

「最近フィンさんの表情の違いが読み取れるようになったんですよ」

なんて胸を張っていたから、笑ってしまうというものだ。「筋金入りの無表情」の表情の違いなんて……と思ったが、実際、テイラーはフィンの感情の動きによく気付いてくれる。一緒にご飯を食べていて「これ美味しいな」と思えば「それ、もっと食べます？」と聞いてきたり。「具合が悪いな」と感じたら「あれ、なんか元気ないです？　今日は家でゆっくりしましょうか」と気遣ってきたり。

これまで「感情が読めない」と言われ続けてきたフィンからすれば、驚きしかない。

「テイラーくんは、なんでわかるんだ？　僕の考えてること」

季節が秋に差し掛かったある日。焼肉に、締めのラーメンまで食べてぽっこりと膨らんだ腹を撫でながら、フィンはテイラーに問いかけた。

「ん？」

夜風が、さわさわと耳の毛と髪の毛を揺らす。その気持ち良さに軽く目を伏せてから、ちらりと隣を歩くテイラーを見上げた。

「僕は、何もかも顔に出にくいのに」

両手で、もに、と頬を挟む。そうやって頬を揉んでいると、テイラーが「ははは」と笑った。

「こないだ、弟に会う機会があったんだけど」

「あ、弟さんいらっしゃるんですね」

「あぁ、双子の弟だ」

「へぇ……！」

もにもにと、引き続き顔を揉みながら話を続ける。少しくらい、表情筋が柔らかくならないかと期待したからだ。

「会った時にな、聞いてみたんだ。『僕、表情が豊かになったと思うか？』って」

「なるほど。……そしたら？」

実家のソファに座って、ちらりとフィンを見やった弟のクールな顔を思い出しながら、フィンは頬を持ち上げた。

「『めちゃくちゃ無表情でなに聞いてんの？』って言われた」

途端、テイラーが「ぶっ」と吹き出す。

「『そういうの聞くのは、せめて普通に笑えるようになってからにしなよ』って」

重ねて言えば、テイラーが耐えられないというように「あはは」と腹を抱えて笑う。

「弟さん、容赦ないですね」

「あぁ、容赦ない。僕以上に口も悪いし、性格もきつめで……」

こくりと頷いて、空を見上げる。繁華街にほど近いせいで星はよく見えないが、月だけはしっかりと輝いている。

「だけど、いい子なんだ」

弟は、フィンと違って昔から感情表現が豊かだった。無愛想な兄とは大違いだ。

小さい頃から弟の方が友達に誘われることが多かったが、弟は絶対に「フィンも一緒じゃなきゃ嫌」と言い張ってくれた。学校でも常々フィンを気にしてくれていたし、度々《たびたび》自分のグループの輪に誘ってくれた。警察の仕事だって、家族の中で応援してくれたのは弟だけだ。「小さい頃から狼の警察のアニメばっかり見てたもんね。タイトル忘れたけど」なんて言って。

「よく、表情のせいで誤解されがちな僕のことをかばってくれたんだ」

「へぇ。いつかお会いしてみたいなぁ」

今はそれぞれ家を出て暮らしているが、定期的に会うようにしている。なんだかんだ言いつつ、互いに大事に感じ合っているのだ。と、フィンは思っている。いや、弟はどうかわからないが、少なくともフィンは弟が大切だ。

恋人のことも根掘り葉掘り聞かれるので、素直に答えてはいるが、毎度「趣味が悪い」と駄目出しされる。弟のお眼鏡にかなうような人物は、果たしてこの世に存在するのだろうか。

弟のことを思い出しながら語るフィンを見下ろしていたテイラーが、にこ、と笑う。

「さっきの話ですけど」

さっきの話、というとつまり「テイラーくんは、なんでわかるんだ？　僕の考えてること」の発言についてだろう。ちょうど道が橋に差し掛かり、テイラーが足を止めて川の方へと視線を向ける。フィンもまた立ち止まって、テイラーの横に並んだ。

「俺がフィンさんの気持ちがわかるのは、……多分、めちゃくちゃフィンさんを見ているからです」

「めちゃくちゃ見てる？」

「めちゃくちゃ見てます」

うんうん、とテイラーが頷く。まさかめちゃくちゃ見られているとは思わず、フィンはどんな顔をしたらいいかわからなくなる。しかし、どんな顔をしようと自分の表情はあまり変わらないことに気が付いて「ほ」と息を吐いた。

「俺、フィンさんが好きなんで」

「うん？」

「好きだから、めちゃくちゃ見て、感情を読み取ろうとしてます」

「うん」

「だから、わかります」

テイラーの真っ直《ます》ぐな言葉に、フィンの胸がほこっと温かくなる。

最近テイラーは、よくフィンのことを「好き」だと言ってくれる。六つも下の犬のような可愛い子に好かれて、フィンも悪い気はしない。

「僕も、テイラーくんのこと好きだ」

正直にそう言えば、テイラーがパァと顔を明るくした。

「へへ、嬉しいです」

「うん」

「あの……、こ、今度家に行ってもいいですか？」

「あぁいいよ」

「……っしゃ！」

まるでフィンの家がものすごく特別な場所のように喜ぶテイラーを見て、胸の内がむずむずする。

なんというか、賑《にぎ》やかな鼓笛隊がフィンの体の中でドンドンパフパフと演奏しているような。嬉しくて喧《やかま》しくて、楽しい。

「僕はこんなに変なやつなのに、一緒にいてくれてありがとう」

表情は上手く作れないし、空気も読めない。「真面目な変人」と何度言われてきたかわからない。顔に惹《ひ》かれて付き合った相手には、二、三ヶ月もすればことごとく「想像と違った」と言われた。しかし、テイラーはどれだけ一緒にいてもそんなことを言わない。それどころか……。

「フィンさんは変なやつじゃないですよ」

何言ってるんですか、なんて言って朗らかに笑うのだ。

(そういえば、ティムが……)

ティム、とは弟のことだ。先日会った時フィンの「表情が豊かになったと思うか」という質問に、「どうしてそんなことを思ったのか」と問い返してきた。その際、テイラーのことを含めてこれこれこういうことで……と説明したところ。

「その人、フィンのことが好きなんじゃないの？　恋愛的な意味で」

と言ってきた。だからフィンはきっぱりと言ったのだ、「そんなことはない」と。

テイラーは若い大型獣人。女からも男からも、小型中型大型獣人どの種族からも、引く手数多《あまた》の人気者だ。なにをどうしたら、フィンなんて変わり者のヤマネ獣人を好きになるというのだ。

そもそも、テイラーはフィンと「友達」になりたくて声をかけてくれたのだ。「男が恋愛対象」と聞いたこともない。

（恋人になりたい人と、初めてのデートで汗だくになってバスケして、焼肉屋に連れていくか？　締めにラーメンまで食べて）

別に、フィンとて恋愛経験が豊富なわけではないが、一般的に、それが初めてのデートコースに向いていないことくらいはわかる。しかもその後も、テイラーとのお出かけはいつも「しっとり」「ムーディに」というより「ガツガツ」「元気いっぱい」という感じだ。恋人というより、友達と呼ぶのが相応《ふさわ》しい。

テイラーが口にする「好き」もとてもさっぱりしていて、はっきりいって友人に向けるそれと相違ない。

（恋愛感情だなんて、そんな）

にこにこと楽しそうに「じゃ、行きましょうか」と歩き出したテイラーを追って、フィンも歩き始める。

少し前を行く背中をぼんやりと眺める。白いシャツがよく似合う、大きくて頼り甲斐のある姿。てくてくと進めていた足が、なんだか妙に重くなる。

（そんな……）

テイラーにその気がないのはよくわかっている。しかし、自分自身はどうだろうか。

そう考えた瞬間、胸の中にざわりと風が起きて、フィンは背負ったリュックの肩紐《ひも》をギュッと握った。

「フィンさん？」

いやに明るい月を背に、テイラーが振り返る。フィンはその眩しさにしぱしぱと目を瞬かせてから「なんでもない」と数歩駆けた。

六

「フィンさん、何見てるんですか？」

「ん？」

ソファに腰掛けぺらぺらと雑誌をめくっていると、背もたれの後ろから、テイラーが、にゅっ、と上半身を乗り出してきた。それでも雑誌に視線を落としたままでいると、その長い足で背もたれを越えてきたテイラーが、フィンの横に収まる。

「フィンさん」

「あ、ちょっと待て」

腕にまだら模様の尻尾が巻きついてきて、その先っぽですりすりと手の甲を擦《こす》られる。

くすぐったさに手を払ってあしらおうとするも、「フィンさん」という声と共にさらにきつく巻きついてきた。

「それなんですか？」

「これは……」

重ねて問われ、フィンは雑誌を閉じる。表紙には、大きなベッドに気持ちよさそうに寝転がるリス獣人の親子の写真が印刷されている。そのベッドから服から抱きしめるぬいぐるみまで、全部まるっと「冬眠グッズ」だ。

「冬眠のとも、という冬眠獣人用の雑誌だ」

そう言うと、一瞬きょとんとした顔をしたテイラーが「へぇー！」と物珍しそうに雑誌に手を伸ばしてきた。豹獣人である彼には、生まれてこの方縁のなかった雑誌だろう。

今日は雨ということもあり、フィンの家でごろごろしながら過ごしていた。というより、昨日の夜一緒に食事をして、そのままフィンの家に泊まって……、という流れだ。つまりほぼ丸一日一緒にいる。最近よくこのパターンで遊んでおり、フィンの家にテイラーの私物が増えてきた。歯ブラシや下着といった日用品はもちろん、共有で筋トレグッズも購入して二人で使っている。

部屋に泊まり合ったりするような友達がいたことがないのでなんともいえないが、まるで同棲《どうせい》していたロディとの生活のようだ。いや、それよりも距離が近い。付き合っていた当初こそロディはフィンに触れてきたが、それは性的な意味合いを含む時だけだった。「フィンと出かけてもなぁ。楽しそうじゃないじゃん?」とデートに行くことも少なく、同棲してからも寝室は別々だった。最後の方は、もはや家賃節約のために一緒に暮らしていたとしか思えない。と、最近は思い出すことも少なくなったロディの顔を思い浮かべる。

友達同士の「適正な付き合い方」というのがわからないが、不思議とテイラーとの距離感は不快ではないし、テイラーも同じく嬉しそうにしている。というより、のほほんと何も気にしていないように見える。

(世の友達同士というのは、こんな感じなのかもしれないな)

というのが、フィンの見解だ。

テイラーは特に尻尾同士を擦り付けるのが好きらしく、自身の毛並みのいいまだら柄の尻尾を、フィンの尻尾にすりすりと絡めてくる。

今もまた尻尾同士を絡めながら、フィンの体に寄り添ってきた。寄り添うというよりも、のしかかる、の方が近いかもしれない。そのうちもぞもぞと足を広げて、その間にフィンを抱き込んでしまった。まるでぬいぐるみのような扱いだが、これもすっかり慣れてしまった。

「冬眠雑誌かぁ……初めて読みます」

「まぁ、そうだろうな」

冬眠雑誌、とはその名の通り冬眠に関するあれやこれやが書いてある、冬眠型獣人向けの雑誌だ。秋になると全国の書店で取り扱われるようになる。

フィンが購入したのは、お気に入りの服飾ブランドが発刊しているものだ。その雑誌に載っている商品はなんでも注文できるので、目で見て選べて大変重宝している。ちなみに今号の内容は巻頭から「この冬着たい！　獣人タイプ別パジャマの選び方」「寝心地のよい寝具のすすめ」「Q＆A付き。獣人別食費の平均一覧」「冬眠ありありカップル、ありなしカップルに聞く、冬の過ごし方」「子育て世代の冬眠。新しいライフスタイル」というラインナップになっている。

「そっか。フィンさんヤマネ獣人だから、冬眠ありですもんね」

興味深そうに雑誌を眺めるテイラー……を眺めながら、フィンは「そうだ」と頷く。そして、かねてから伝えようと思っていたことを口にした。

「当たり前と言えば当たり前なんだが、冬眠の間は……今のようには会えなくなる」

季節が冬になると、フィンは冬眠期間に入る。冬眠しない、と言っていたわけではないが、あえていつから冬眠するというのは伝えていなかった。というより、自らの冬眠について話したことはなかった。

「え……っ！」

案の定、寝耳に水だという顔をしたテイラーがフィンに抱きついたまま固まってしまった。抱きつくというか、フィンがその膝の中にすっぽり収まっているので抱きしめられているという方が正しい。ぎゅっ、と力を入れて抱き込まれ、フィンは「ぐぇっ」と呻き声を漏らす。

「そっか、冬眠期間中って会えないのか」

張り付いていたテイラーが、フィンの脇下にズボっと手を差し入れ、そのまま持ち上げた。高い高いの要領で天井に向かって翳《かざ》される。

「あのな、テイラーくん。僕は人形でも赤ん坊でもな……」

「冬眠ですもんね。そりゃあそうなりますよね」

「……まぁ、うん。そうだな」

初めてのお出かけからこっち、フィンとテイラーはそれはもう頻繁に会っていた。お互いの休みが合う時はもちろん、どちらか一方の休みの時は、休みの方がご飯を作り待つ……もしくは仕事終わりに連れ立って飲みにいく、なんてことをして。そして最近は泊まり合うことも増えていたので、はっきり言って週の半分近くは一緒にいる。

「はぁー……寂しいです。めちゃくちゃ寂しいです」

「……う」

「寂しい」と直球でぶつけてきたテイラーが悲しげに眉尻を下げる。切れ長で、けれどきらきらと眩しい瞳が「どうしてどうして」と訴えてくる。大型犬の可愛らしさを含んだその悲しげな目がフィンの胸を貫く。まるでガジガジと噛んでいた骨をふいに取り上げられた犬だ。かわいそうで可愛くて、どうにも胸が詰まる。

「冬眠はご実家ですか？」

「いや、この部屋でする予定だ」

フィンの返事を聞いて、テイラーが耳を跳ねさせる。

「じゃあ、何か冬眠のお手伝いとかいりませんか？　食料調達とか、荷物の受け取りとか。冬眠の間、何か……」

真剣な顔をして問うテイラーは驚くほどに必死だ。フィンは「それなら」と答えかけてから、「んん」と唸って首を振った。

「冬眠というのは、テイラーくんが思ってる以上につまらないものなんだ」

「つまらない？」

ロディに言われた言葉が頭の中に蘇る。

『はっきり言ってつまんないんだよ』

『フィンがぐーすか寝ている間、俺はどんな気持ちでいると思う？』

噛み締めた唇がぴりりと痛くなって、ちろりと舐《な》める。こんな時、表情があまり変わらない性質《たち》で良かったと思う。もし今の気持ちがそのまま顔に出ていたら、優しいテイラーはきっと心配しただろう。

「本当に、ひたすら寝ているだけなんだ」

「はい」

「ぐーすか寝こけてるんだ」

「はい」

「たまに起きて食べるだけで……」

「はい」

「テイラーくんは、僕が『食っちゃ寝』してるところを見るだけなんだ」

「え？　最高じゃないですか」

何を言っても「はい」しか言わなかったテイラーが、最終的にはどこか嬉しそうに目を丸くした。

「さい……？」

「いや、最高……ですよね、ゆっくり冬を越すの」

テイラーは妙に歯切れ悪くそう言って、ついで「うんうん、最高。いい感じ」と白い歯を見せながら笑う。

「ん？」

「いい感じ」なんて軽い口調で肯定されて、なんだか脱力してしまって。フィンはテイラーに持ち上げられたまま、こてんと首を傾げた。

「ようは、寝てばっかりで申し訳ない、って気にされてるんですよね」

「あぁ」

「俺は全然そうは思いません。そもそも冬眠っていうのは自然の摂理で、フィンさんの意思でどうこうなるものじゃないでしょう」

至極真っ当なことを正面から言われて、フィンは「まぁ」と頷く。

「それより、フィンさんに会えない方が寂しいです。……やっぱり、何かできませんか？　絶対冬眠の邪魔はしないって約束しますから」

「それはまぁその……気持ちはありがたいが」

実のところ、冬眠中、起きている人がいてくれると助かる。

冬眠中は身体能力が急激に落ちる。世間では、冬眠中の獣人が襲われるといった痛ましい事件が尽きない。フィンも自身の身の安全を考えて、セキュリティがしっかりしたこのマンションを購入した。

とはいえ、冬眠中は何が起こるかわからない。不測の事態に陥った時、他に頼れる人がいると助かるのは事実だ。

「しかし、本当につまらないんだ」

念押しのようにそう言うと、頬にあった手が、額に移動した。眉間に親指が添えられ、すり、と撫でられる。

「眉間に皺《しわ》、ちょっとだけ」

「……え？」

「フィンさんが悲しいって感じてる時、ここに皺が寄るんですよ」

知ってましたか、と問われ、素直に首を振る。乏しい自分の表情にそんな変化が起こっていたなんて、知りもしなかった。

「いや……。正直、『つまらない』ってテイラーくんに思われたら嫌だな、なんて思ってたんだ。僕は、君に幻滅されたくない」

これまで散々言われてきた言葉を思い出して、胸がきりっと痛む。おそらく、耳もへたりと垂れているだろう。

『冬眠するなんてつまらない』

もしこれをテイラーに言われてしまったら、立ち直れる気がしない。寝ているだけのフィンを見てがっかりするテイラーも見たくない。それならばいっそ、ひと冬関わらずに過ごす方がマシに思えた。

「会えない間に疎遠になったとしても……」

それはそれで仕方ない、と言いかけたところで、ぐいっと前方に引き寄せられた。そして、目の前の大きな胸の中にぎゅううっと抱き込まれる。

あまりにも力いっぱい抱きしめられて、フィンは「ぐっ？」と情けない悲鳴を上げた。尻尾の毛がぶわわわっと膨らんで震える。

「疎遠になるっ、わけっ、ないですから！」

ふんっ、と荒い鼻息と共に、腰にも足が回る。テイラーはそのままごろんとソファに寝転んだ。もはや全身ぎちぎちに締め付けられたまま、フィンはあぷあぷとテイラーの胸から顔を持ち上げる。

「すっごい大好きですから。朝から晩まで眺めてたいくらい大好きですから」

「わかっ……、ちょっ、待て」

「フィンさんが本物のヤマネだったらポケットに入れて持ち運んでいつでも一緒にいたいくらい好きですよ。四六時中撫で回してこね回して吸いたいくらいだ」

「吸っ……？　やっ、とにかくっ、わかっ、わかったから」

どうどう、と暴れ馬を落ち着けるように背中を叩く。このまま抱きしめられ続けたら、クレープの生地のごとくペラペラになってしまう。ヤマネのクレープ豹包み、冬眠を添えて……の出来上がり。

なんてくだらないことを考えて、フィンは「はは……」と声だけで笑った。

「本当にわかってます？」

「あぁ、うん……、おそらく」

正直なところ、そこまで熱く自分のことを思ってくれているとは想像もしておらず、戸惑う気持ちもあった。素直にそれを言葉にすると、テイラーはしゅんと耳を伏せた。

「疎遠になっても……なんて言われて、ちょっとだけショックです」

「いや、それは……。ごめん、僕が悪かった」

ぺちぺちと叩いていた手を止めるように握られて、眼前に持ってこられる。握りしめられた手から、テイラーの顔に視線を移す……と、潤んだような濃い空色の目と目が合った。晴れ上がった空から降る雨のような切なさがあって、フィンの心がちくりと痛む。

たしかに、せっかくここまで仲良くなれたのに「疎遠になっても仕方ない」だなんて、一方的すぎたかもしれない。

しかしテイラーの拗《す》ねようは、まるで恋人のそれのようだ。気恥ずかしくなって俯くと、つむじのあたりに熱を感じる。え、と顔を上げればもうその熱は離れていて、テイラーが唇を尖《とが》らせてフィンを見ていた。

「冬眠の手伝いをしてくれる……というのは、正直とても助かる。買い出しも、力持ちのテイラーくんがいると心強い」

テイラーの逞しい二の腕を見やりながらそう言えば、彼はにこっと明るく笑った。背後では、まだら模様の尻尾がぱたぱたと左右に揺れてソファを叩いている。どこまでも、感情表現が豊かな獣人だ。嬉しいも悲しいも、全身から滲《にじ》み出ている。フィンには、その正直さが眩しい。

「本当に？　俺、フィンさんの役に立てそうですか？」

「あぁ」

フィンはこくりと頷いて、少し悩んでから、テイラーの小指に自分の小指を絡めた。

「よろしく、お願い、します」

話すのに合わせて、ぶんぶんと上下に振ってみる。と、一瞬目を丸くしたテイラーが、ぶはっ、と吹き出した。

「なに、可愛いことしてるんですか」

「可愛いか？」

指切りのようなつもりで振ってみたのだが、テイラーの目にはちょっと違って映っていたらしい。気恥ずかしくなって手を下ろす。と、その手をもう一度摑まれた。

「フィンさん」

「ん？」

テイラーの指は熱い。その熱がじわじわと自身の手指も温めていくのを感じながら、フィンはテイラーの呼びかけに応える。

「好きですからね。春になるまで、絶対、一緒にいましょうね」

フィンを見つめるその目に、手と同じくらいの熱を感じる。思わず照れてつっかえながらも、フィンは「うん」と頷いた。

懐かれた、とは思っていたがまさか冬眠に付き合いたいというほど慕われるとは思ってもいなかった。

(まるで恋人みたいな……)

ふわ、とそんなことを考えて、フィンはぶるぶるぶると首を振る。

「あ、コーヒー淹《い》れていいですか？　フィンさんも飲むでしょ？」

タイミングよくというかなんというか、テイラーがあっさりフィンの手を離して立ち上がる。

「あぁ、ありがとう。でも僕は紅茶がいいから、紅茶を自分で淹れ……」

「そのくらい俺が淹れますって」

「砂糖は……」

「砂糖二杯にミルクをひと匙《さじ》、コンデンスミルクを一滴。かき混ぜないで持ってきますよ」

「……あぁ、うん。ありがとう」

面倒くさいフィンのこだわりもしっかりと押さえて、テイラーはあっさり答えてくれる。まるで、遠慮なんていらないんだ、というように。

キッチンへと消えていく背中を見送りながら、フィンはソファの上で膝を抱えた。

(僕たちは恋人同士じゃない。勘違いしてはいけない)

テイラーと出会って半年以上。べたべたとくっついてはくるものの、明らかに性的な意味合いを持つ触れ方はされたことがない。どんなに近付いても、キスはもちろん、素肌に直接触られたことなど、一度もない。

これまでフィンが「恋愛」をしてきた男たちは、付き合って数日、もしくは付き合う前からフィンと体の関係を持ちたがった。

(『付き合って欲しい』と言われたわけでもないし)

だから、テイラーは自分を「そういう意味」で好きなのではない。と、フィンは自分に言い聞かせる。そして、胸に湧き上がってきた寂しさのようなものを押し込めるように、両頰に手を当てた。笑顔の練習をする時のように、むにに、と上に持ち上げる。

(でももし、僕がちゃんと笑えたら、可愛かったら、若かったら、いい子だったら……)

そうしたら、テイラーもフィンを恋愛対象として見てくれただろうか。それとも、そもそも男のフィンはお断りだろうか。

そこまで考えて、フィンはハッとする。これではまるで「テイラーと恋人であること」を望んでいるようではないか、と。

ほとんど無意識のうちにそんなことを考えてしまった自分が恐ろしい。フィンは目下の問題である冬眠について考えるために、床に投げ出されていた冬眠雑誌を手に取った。自分の内なる望みから、目を逸らすように。

七

「いよいよ、来週から冬眠に入るので」

「はい」

「際して、注意事項を……伝える。伝えます……？」

えらく堅苦しい物言いになってしまったと、言い換える。と、余計変なことになってしまった。妙に気恥ずかしくて顔を俯けると、カーペットの上に行儀良く座ったテイラーが「はーい」と楽しそうに手を上げた。

「フィン先生の冬眠講座ですね」

「……まぁ、うん、フィン先生の冬眠講座です」

こほん、と咳払いをしながら冗談にのっかると、テイラーが「ははは」と陽気に笑った。寒くなったというのに、彼の笑顔はいつでも真夏の日差しのようだ。その底なしの暖かさに脱力しながらフィンは「ふぅ」と肩の力を抜いた。

涼しいと思っていた風はさらに冷たさを増し。深まりきった秋も去り、ついに冬がやってきた。ということは、冬眠も始まるということで……。フィンも職場に申請して、来週から冬眠休暇に入る手筈《てはず》になっている。

今日は間近で冬眠を見るのが初めてというテイラーに、冬眠の過ごし方や必要なものについてレクチャーすることになっていた。

「といっても、教えることはそんなにないんだ。基本的に寝ているだけだから……」

「はい、了解です」

素直な生徒は、冬眠雑誌を片手にうんうんと頷いている。まるで自分が冬眠するかのようにそわそわうきうきしている。が、テイラーはもちろん冬眠なんてしない。というより、冬を迎えてますます元気になったように見える。寒くなって動きや思考が緩慢になってきたフィンとは正反対だ。

最近のお出かけは、もっぱら冬眠用品の買い出しである。本当は夏と同じように楽しく体を動かしたいが、ウィンタースポーツは冬眠のある種族には向かない。

（それにしても。豹はこんなに冬に強かったか？）

そんなことを考えながら、フィンは「ええ、まず」と咳払いした。

「冬眠にも浅い眠り深い眠りがあって、冬眠の初めの方は比較的眠りが浅いんだ」

フィンは手のひらを水平にして目の前に翳す。

「寒さが増すにつれてどんどん眠りが深くなっていって、起きている時間も短くなる。寒さと眠りは比例しているんだ」

手のひらで下方向へ向かうグラフを描くように、ぐぐ、と手を下げていく。眠りが深くなっていく様子を表しているつもりだ。テイラーは「ふむふむ」と真面目な顔で頷いていた。

「それでも食事や排泄《はいせつ》といった生理現象が発生するので、定期的に目を覚ますんだ。眠りが浅い時は一、二日に一回。深いと三日から五日に一回。そこらへんは個人の性質によるけど」

「風呂や着替えもその時に済ませるんですね」

「そうだね」

テイラーの確認に頷くと、彼は「なるほど」と笑った。

「えっと、食料は……そこに」

フィンはキッチン横にあるパントリーを指した。今は引き戸を閉めていて中は見えないが、そこにはたっぷりと食料が詰め込まれている。

「基本的に、ひと冬越すための食料を貯蔵しておく必要がある。今は冬眠のある獣人向けの食料配達サービスもあるけど、僕は基本的に貯蔵品を消費するタイプだ」

世の中には、冬眠する獣人に向けたサービスが色々と存在する。例えば食料配達サービスもそうだし、寝ている間に家事を代行してくれるサービスもある。生鮮品を買いにいけないので食料配達は大変助かるのだが、フィンはあまり利用しない。するとしても冬眠明けが近くなって、ある程度動けるようになってからだ。

フィンは特に眠りが深くなりやすいタイプで、真冬は思考がぼやぼやしている。注文数を間違えたり、配達を受け取り損ねたり(玄関先に置いていったりもしてくれるのだが、それすら取り忘れる)することを何度も繰り返して、利用を諦めた。上手く利用できている獣人もいるので、これはもう個人差と思うしかない。

「今年は俺が買い足したりできますから。何かあったら頼んでくださいね」

テイラーはにこにこと笑って親指で鼻先を擦っている。その頼もしさに、フィンは「ほ」と安堵の息を吐いて「ありがとう」と頭を下げた。

比べるわけではないが、ロディは「冬眠は冬眠のある獣人で」と割り切っているタイプで、フィンのそれに踏み込んでくることはなかった。冬眠の準備はもちろん、食料品の買い出しすら一度も一緒に行くことはなかった。

テイラーが特別なのかどうかはわからない。それに、何か引き受けてくれるから優しい人、と損得で評するのは失礼な話だろう。しかし、フィンのために動こうとしてくれていることが、純粋に嬉しい。

「テイラーくんがいてくれて、とても助かる」

「いえいえ。こちらこそ、ひと部屋貸してくださってありがとうございます」

テイラーが言っているのは、客間のことだ。

冬眠の手伝いをしたいと言ってくれたテイラーに、フィンは使っていない客間をひと部屋貸し与えた。テイラーの家とフィンの家を毎日行ったり来たりするのも大変だろうから、好きに泊まっていい、と。

不用心、とは思わなかった。それだけテイラーを信用していたのだ。出会って半年以上、フィンなりにテイラーの人となりは理解しているつもりだ。

「いや……ふっ」

首を振りかけて思わず吹き出してしまい、口元を隠すように押さえる。耳ざとく聞きつけたテイラーが、丸い耳をぴよぴよと動かしながら体を前後に揺すった。

「え、なんですか？」

「いや、早速テイラーくんの部屋、になってたなぁと思って」

一昨日《おととい》から、テイラーは客間で過ごしている。先程ちらりと覗いてみたら、ダンベルやらトレーニングチューブやら筋トレグッズが部屋の隅にきちんと並んでいた。仕事の関係だろう本や雑誌も置いてあって、部屋はすっかりテイラーの匂いが染み付いて、「彼の部屋」になっていた。

なんだかそれが、むず痒《がゆ》さを感じるくらい嬉しくて、フィンは思わず笑ってしまったのだ。特段何があったわけでもないが、彼がこの家に馴染んでくれて嬉しい、と、そう感じた。

「フィンさんの家に俺の部屋？　それはなんか、嬉しいですけど」

照れたように頬をかいたテイラーが、デニムの膝をぱちんと打った。

「あ、で、冬眠の話の続きです、続き。なんかやって欲しいこととか、逆にして欲しくないこととかありますか？」

そう言われて、フィンは「うーん」と顎に手を当てる。マンションを購入する前は、警察の宿舎で生活していたこともあり、他人がそばにいる生活には慣れている方だ。

「お風呂とかも起きた時間に入るから朝とか夜とかまちまちかもしれないけど、気にしないでもらえると助かる。あと、話しかけてもらってもぼーっとしてるから返事できない……かもしれない」

「なるほど」

「そういう時は、その、決して意図的に無視しているわけではないから」

「了解です」

ふんふん、と頷きながら尻尾を揺らすテイラーに、嫌そうな雰囲気はない。

「テイラーくんこそ、不便はないか？　職場から遠くなったし、通勤が大変だろう」

「全然大丈夫ですよ。あっ、俺の生活音がうるさかったらすみません」

「いや、僕はよっぽどじゃないと起きないんだ。昔、ベッドから落ちて廊下まで転がっていって階段から落ちても目覚めなかったことがある」

その当時一緒に暮らしていたティムに「フィンって一人で冬眠したら死んじゃうんじゃない」と言われたことを覚えている。それ以降、部屋はもちろん廊下、階段にもカーペットが敷かれることとなった。

「それは……大変でしたね」

「あぁ。冬眠中は謎の青あざが増える」

困ったものだ、と言って腕を組むと、テイラーが白い歯を見せながら笑った。

冬眠している者としていない者が共に暮らすと、どうしてもしていない者に負担が寄りやすい。ロディのように「構わない」と割り切っているならまだしも、「面倒をみたい」と意気込んでいるテイラーの場合、いらぬ面倒を背負い込んでしまいそうだ。

「まぁとにかく。基本的に僕のことは気にしなくていいから。一緒にいるのが無理だと思ったら、すぐに家に帰ること」

「んー、んー……はい」

釘《くぎ》を刺すように注意すれば、テイラーの耳が、しょぼ……と垂れた。大きな口も、しょんもりと引き結ばれ、その先がわずかに尖っている。

「まぁでも、その……一緒にいてもらえるのは、嬉しい」

その悲しそうな顔に耐えられず思わずフォローするようなことを言ってしまう。自分でも「甘いな」とは思ったが、途端に耳を立てて喜ぶテイラーのその表情を見ると心がほんわりと温かくなってしまうのだから仕方ない。

「あ、フィンさん」

「ん？」

と、そこで思い出したようにテイラーが手を上げた。

「フィンさんが寝てるところって、見ても嫌じゃないですか？」

「僕の、眠っているところ？」

まさかそんなことを聞かれるとも思わず、フィンはしぱしぱと目を瞬かせる。

一瞬悩んだが、別に見られて困るようなことはないので、「別に、構わない」と軽く頷く。

「やった」

ぐっ、と両手の拳を握る姿はまるで、ゴールにシュートを決めたスポーツ少年のようだ。うきうきと浮かれる様は無邪気で可愛らしいが、それが自分の寝姿を見る許可を貰ったからというのは、なんとなく複雑だ。

「寝てるだけだ。楽しいことなんて、なにもないぞ」

牽制《けんせい》するようにそう言えば、テイラーが大きな体を身軽に動かして、フィンの隣に座った。

「楽しいに決まってるじゃないですか」

そしていつものように尻尾と尻尾を絡ませて、ぎゅうと抱きしめてくる。全身を使って抱きしめられながら、フィンは思わず笑ってしまう。

「テイラーくんは、僕のことが好きだな」

「何を今さら当たり前のことを言ってるんですか。好きですよ、大好き。……好き」

最後の「好き」がくぐもって聞こえたのは、テイラーがフィンの頭にぎゅうと顔を押し付けたからだ。つむじのあたりに温かい吐息と、「んんん」と喉を鳴らす振動を感じる。

「テイラーくん、ちょっと……おも」

ぎゅうぎゅうと押しつぶされるように抱き込まれて、頬を擦り付けられて。全身に温《ぬく》もりを感じながら、フィンは「ふぐ」と情けない息を漏らした。

目の前に見える大きな手にするりと手を重ねれば、間髪入れず手のひらを返されて、指と指が絡み合うように握られる。バスケットボールも片手で掴めるほどの大きな手に、ソフトボールをようよう摑める手が絡むと、やがてもみくちゃに握られて、大きな手に小さな手が飲み込まれる。

（春になるまで、本当に一緒にいてくれるのか）

（途中で飽きやしないか）

（嫌になって、逃げ出さないか）

柔らかな棘《とげ》のような質問が、フィンの心の中にニョキッと生えて、内側からちくちくと刺してくる。

さっきは「嫌になったら帰っていい」と言ったのに、本音はこれだ。自分の身勝手さに苛々《いらいら》する。ようは「冬眠のある自分を嫌いにならないで欲しい」なんて思っているのだ。

格好良くて、気遣いもできて、冬眠のある友人にも優しくて。バスケが上手で、筋トレが趣味で、初めてのサーフィンだって難なくこなして。そのくせ寂しがり屋で甘え上手で、なのに仕事には熱意を持っていて。どんなに夜中の招集であろうと、きりりと眉を吊り上げて文句も言わずに駆け出していって。格好いい、自慢の友達だと思う。そう「友達」だ。

（きっとテイラーくんには……）

今までも、たくさん友人がいただろう。いや、友人だけじゃない。彼に釣り合う、きっと素敵な恋人もわんさといたはずだ。

そのことを考えると、何故だか妙に胸が痛む。ちりちりとした痛みを抱えたまま、フィンは握ったテイラーの手を左右に振った。

「あ、今日フィンさんの好きな『野生動物の魅力再発見』の日ですよ」

「あぁ、うん」

言われて、フィンが一番好きな動物ドキュメンタリーの放送日だったことを思い出す。

「フィンさんが寝ている時は、俺が欠かさず録画しておきますからね」

「……うん。うん、ありがとう」

テイラーは動物番組ばかり見るフィンを「おかしい」と言わない。毎日ゆで卵を食べることも、笑わないことも、何も。テイラーはフィンのおかしなところは笑って、そして、そのまま受け止めてくれる。

(『おかしい』『変だ』なんて、言われ慣れていたのにな)

それはそれで仕方ないと思っていた。自分の性格のせいだ、と。

だって知らなかったのだ。否定されずに生きることが、こんなにも息がしやすいのだと。笑えもしないのに大口を開けて笑いたくなる。なのに同じくらい泣きたくもなる。きっとこれが「幸せ」ということなのだろう。フィンは今、とても幸せだった。

(どうかこのまま)

春になれば、いや、春が来る前に去っていくかもしれない友人をどうにか繋《つな》ぎ止めたくて。せめてもの抵抗のように、フィンは結んだ指を、きゅっとしっかり絡めた。この手を離さないで欲しい、と願うように。

*

それから五日後。冬の気配をひしひしと肌で感じる冷え込んだ日、フィンはいよいよ冬眠に入ることになった。ぎりぎりまで粘ってはみたが、もう眠気が限界だった。昨夜など風呂に浸《つ》かったまま眠りそうになって、かなり焦ってしまった。

「えーっと、湯たんぽに靴下、パジャマ……あ、ほらフィンさん、ちゃんと一番上までボタンを留めないと」

ひとつひとつフィンの身の回りのものを確認していたテイラーが、よいしょ、とばかりにベッドに乗り上げてきて、フィンのパジャマのボタンを留める。

ふかふかのクッションをいくつも重ねたやわらかな山に身を沈め、上からお気に入りのブランケットと掛け布団をのせてもらって。そして、目の前にはテイラーがいて。

(これは……、実は僕はもう冬眠に入っていて、都合のいい夢を見ているのでは?)

なんてくだらないことを考えながら、フィンはうにゃうにゃと口を動かす。

「あ、りがとう」

「いえいえ。そのパジャマ似合ってますね」

「ん、……テイラーくんが選んでくれたからな」

フィンが着ているのは、真っ白な毛のパジャマだ。一緒に買い出しにいった際にテイラーが選んでくれたもので、尻尾の出し口がとてもゆったりと柔らかく、フィンも気に入っている。ふわふわとした手触りのそのパジャマは、テイラーの髪の色に少し似ている。

(似てるから選んだ、なんて……、ないだろうけど)

ぽや、とそんなことを考えていると、喉の奥から「ふく」とあくびが湧き上がってきた。

「フィンさん、眠そう」

ボタンを留められて、前髪を梳《す》くように撫でられると、なんとも言えない心地よさと共に眠気が襲ってくる。ここ数日急に冷え込んだせいで、体が冬眠モードになってしまったのだろう。油断すると、すぐにとろとろと瞼《まぶた》が落ちてくる。

「んや、ん……うん。ちょっと眠い……」

ほぁ、とあくびをしながらそう告げると、テイラーがきらきらした目をしながら掛け布団を持ち上げて、肩までかけてくれた。そして、とんとん、と胸元を叩いてくる。

「なんで……そんな嬉しそうなの?」

うつらうつらと微睡みかける頭を緩く振って、テイラーを見上げる。と、彼は片手で口元を押さえ

て「えっ、そうですか？」と目を瞬かせた。

「あ、いや、ふにゃふにゃしてるフィンさんもいいなって」

「ふにゃ……？」

「ふにゃって、あー……もうそういうの。そういうのですよ。いつものキリッとしたフィンさんもいいんですけど、はっきり言って……すごいかわ……」

「……ぅん？　悪い、一瞬寝てた」

気が付いたら目を伏せてしまっていた。テイラーが何事かを言っていたのに、後半を聞き逃してしまった。

「や、いいんです。いいんです。寝ちゃってください」

「ん……、ふぁ」

テイラーの手が、フィンの目を優しく覆う。何も見えない暗闇の中、テイラーが着ているセーターの、その柔らかな匂いが鼻をくすぐった。

「うん。寝る、もう寝るよ、ぅ」

目を閉じたまま、無意味に寝る宣言を繰り返す。寝る、寝る、に合わせて胸元をとんとんと叩かれて、「寝る」はいつしか形を失い吐息に変わっていた。

「あぁ～……もう」

何故だか妙に切羽詰まったような声が聞こえて。「どうしたのか」と問いたいのに体は動かないし、目も開かない。辛《かろ》うじて口だけは若干動いたが、ふにふにと意味のない言葉しか出てこなかった。

「…………」

テイラーが何か言っている、何か聞こえる。聞こえるのに、何の反応も返せなくて。そして……。

いつしかフィンは、深い深い眠りに落ちていた。

八

「フィンさん！」

名を呼ばれて、ハッと顔を上げる。と同時に、目の前にボールが迫ってきた。大きくて硬そうなそれは、バスケットボールだ。

「わ！」

驚いて、咄嗟に腕を顔の前に持ってくる。しかし、想像した痛みは訪れなかった。

「ん？」

「ぼうっとしてましたね。大丈夫ですか？」

気が付けば足元で声がして。声に従い見下ろして……フィンは愕然《がくぜん》とした。豹だ。デカい豹が足元にいる。フィンの右足に額を押し付けて、ぐりぐりとドリルのように突き上げてくる。それから右足と左足の間を通ったり体を擦り付けたり、ぐるぐると回り出す。まるで人懐こい猫のようだ。

「テイラーくん……、あぁ、君、テイラーくんか」

しかし、名前を口に出せば途端にしっくり来て、驚きも何も消えていく。そうだ、この豹はテイラーだ。なにも恐れる必要はない。

筋肉質だがすらりとした前脚でちょこちょことボールをいじる様は可愛らしくも見える。

「ボール、投げようか」

ボールを拾い上げて、両手を使ってポンポンと跳ねさせる。と、テイラーの尻尾がゆらゆらとゆっくり左右に振れた。前屈《かが》みに少し尻を持ち上げ、目線だけはボールにジッと注がれている。ネコ科の生き物が獲物を狙うときによくするあれだ。

「それ」

ポーンとボールを投げると、シュバッとテイラーが飛び出す。金色の残像だけを残して、一直線にボールに向かう様子は、まるで弾丸だ。

ボールは、どこからともなく現れたゴールポストの周りをぐるぐると回りはじめた。もちろんそれを追いかけていたテイラーもその周りを回る。

ぐるぐる、ぐるぐる、ぐるぐる。あまりにも速く走るので、テイラーの姿がしっかりと見えなくなる。目を回しそうになったフィンは「おぉい」とテイラーに呼びかけた。

「そんなにぐるぐる回ってたら、バターになるぞ」

バターになったのは、豹ではなく虎だったかもしれない。幼い頃そんな絵本を読んだような気がするが、それも定かではない。しかし、走り回ってとろとろ溶け出すテイラーを想像すると、何故か無性に面白い。

「は、はは」

思わず笑いが溢れる。そう、笑えたのだ。ちゃんと頬が持ち上がっているのがわかる。豹のテイラーを眺めながら、フィンは大きな声を出して笑えている。

「テイラーくん、はは、……ふふ」

そのままふにゃふにゃ笑っていると、ぐるぐる回っていたはずのテイラーが、ぱっ、とフィンの方へと飛びかかってきた。

「わっ、わっ？」

ずざぁっ、と滑り込むように近付いてきたテイラーにこぼれ球のごとくキャッチされる。気が付けば、フィンもまた人間の形を捨て、ヤマネになっていた。

「テイラーく……んゎっ！」

前脚で囲い込まれたまま、ざりざりとした舌で、べろぉんと足から頭まで全身を舐められる。舌の力に負けて、ころんと尻もちをつくと、そのまま抱え込むようにのしかかられた。

「ちょ、テイラーくん」

「フィンさん、あぁ、フィンさん」

さすがに、と思って小さな手でてちてちと舌を押し返す。が、それすら飲み込む勢いでテイラーがべろべろと舌を動かしてきた。

「うわぅ、ふっ」

はむ、はむ、と尻尾の先を甘嚙みされて、本能的な恐怖で固まる。体長の半分程の長さがある尻尾は、舐めしゃぶられてしなしなのぺそぺそだ。

ヤマネというのは、子どもの手のひらほどの大きさしかない、小さな生き物だ。自分の何十倍、何百倍の大きさの豹を前に、一体何ができるというのか。

「すみません、ごめんなさい。あぁでもフィンさん、可愛い、可愛い……！」

謝りながらも、テイラーはその手を緩めない。子猫が母猫の胸を押すように前脚でにぎにぎと揉まれて、フィンは「うわ、うわ」と情けない声を出す。

「ん……、テイラー、くん」

むぎゅうっ、と全身を圧迫するように抱きしめられて、舐められて。フィンは荒い息を吐きながら、どうにか押しやろうと抵抗する。両脚を揃《そろ》えて蹴り蹴りとキックすると、テイラーが震える声を吐き出した。

「もぅ、ああもう俺は……」

ますます抱きしめられる。が、それは決して無茶なものではない。背後からふんわりと包み込むように。それでいて「離さない」「逃がさない」と伝わってくるような。

「う、テイラーくん……、ん？」

そこで「背後から」という違和感に気が付く。正面から向き合ってべろべろと舐められていたはずなのだが、温《ぬく》いのは背中だ。

（背中。背中、背中……どうして？）

疑問に思うのと同時に、目の前が霞《かす》む。すると、何かに吸い上げられるように、意識が浮上した。

＊

「……ふぐ」

情けない音が口から漏れた気がして、慌てて口を塞ぐ。と同時に、目が開いた。

「ん、ん……？」

自分が布団にくるまっていることに気が付いて、フィンはその中でもぞもぞと足を動かす。と、ようやく布団から、すぽんっ、と顔が抜けた。

「ん」

そこは自分の部屋、ベッドの上だった。もちろん豹はいないし、テイラーもいない。

むく、と上半身を起こしてきょろきょろとあたりを見渡してみる。窓は遮光性のカーテンがきっちりと閉まっているので、今が何時かはわからない。くぁ、とあくびをひとつしてからベッドヘッドに置いた深い木皿を摑む。中にはフィンの好物である干し葡萄《ぶどう》がみっしりと詰められている。フィンは俯きながら、それをちびちびと一粒ずつ口に運んだ。

「ん、ん、む」

甘酸っぱさが味覚、そして脳を刺激してくれる。くぁ、ともう一度あくびをこぼし、口をぽんぽんと尻尾で叩いてから、フィンはくしくしとヤマネのように手で顔を擦った。冬眠中はどうにも獣性が出てきやすい。

「……っく」

「っ！」

変な音に驚いて、思わずその場で飛び上がる。ぶわっと膨らんだ尻尾を摑みながら振り返ると、ベッドの左側の床……カーペットの上に、人影を見つけた。

「のわっ！」

咄嗟にベッドの上で飛びすさり、警戒するように四つん這《ば》いになる。……と、人影がぬらりと立ち上がった。

「……ひっ」

「フィンさん」

「いっ？　あ、あぁ……」

それはテイラーであった。大きな体を縮めるように首の後ろをかいている。ばくばくと鳴る心臓を宥《なだ》めるように胸元を叩いて、フィンは「ほ」と細い息を吐いた。

「び、っくりした」

諫《いさ》めるように言えば、テイラーはますます恐縮した様子で「すみません」と頭を下げた。

「フィンさん、俺がいるのに気が付いていない様子だったんで、その……もう一回寝付くまで邪魔にならないように、と身をひそめてました」

「ひそめなくていいよ……」

むしろ何故ひそめる、と額に手を当てる。しかし、しょぼ、と耳を垂れさせるテイラーを見ているとなんだか怒るのも申し訳ないような気がしてきた。一応「寝ている姿を見ていい」と許可していたのはフィンだ。

「まぁその、別にいいけども」

慰めるようにそう言って、首を巡らせ時計を確認する。

「えっと……、今は午後三時？」

午前か午後かわからずにそう問えば、テイラーが「そうですよ」と頷いた。

「今日は非番？」

「はい」

元気に頷かれて、思わず苦笑が漏れる。と同時に、せっかくの非番だというのにこんな昼間に彼が家にいる理由に思い至り、申し訳なくなる。多分、フィンを気にしてくれていたのだろう。

「せっかく起きたし、一緒にお茶でもする？」

そう言うと、テイラーが目を瞬かせた。

「え、いいんですか？　冬眠……」

「驚いたらちょっと目が覚めたし、お風呂入ってお茶を飲む間くらい起きていられると思うから」

テイラーはしばし戸惑ったように尻尾を彷徨《さまよ》わせてから「わかりました」と頷いた。

「フィンさんがお風呂入ってる間に準備しておきますね」

そう言うと、テイラーは残像を残しそうな勢いで部屋を出ていった。早速お茶の準備に取りかかるためだろう。

「ありがとう」を言いかけた言葉は、途中で「くぁ」とあくびに変わってしまった。早く動き出さねば、このまま寝てしまいかねない。

「……ん？」

布団をはいでベッドに手をついた……ところで違和感に気が付く。

「温かい」

ベッドの上、フィンが寝ていた場所の隣、誰もいないはずの箇所がぬくぬくと温かい。しばしさわさわと手を翳してから、フィンは首を傾げた。

「テイラーくん……？」

自分以外がベッドに上るとしたら、テイラーしか心当たりはない。が、彼はベッドの上ではなくカーペットの上にいた。

変だな、と思いながらも、フィンはタンスから着替えを取り出し風呂場へ急いだ。

＊

「フィンさん」

「……はっ」

名を呼ばれて、顔を上げる。どうやら目を閉じていたらしい。

フィンは咳払いをしながら姿勢を正す。情けないが、口元を手の甲で拭った。よだれは垂らしていなかったが、口はだらしなく開いていた。

「眠たいんでしょう？　ベッドに行きましょうか」

「いや、まだお茶のひと口も飲んで……、ふぁ……ないし」

途中にあくびを挟みながら、フィンは両手でむにむにと顔を擦る。

どうにかこうにか風呂に入って、服を着て。よろよろふらふらと歩いてリビングにたどり着いた頃には、フィンの瞼は重石《おもし》のようになっていた。その石をぐぎぎ……と何度も持ち上げるのに、気が付けばズンっと容赦なく落ちてくる。

「テイラーくん、僕が……僕が好きなお菓子を、お菓子を準備……あり、ありり……」

目の前に用意された紅茶はフィンが大好きな銘柄の香りがするし、並んでいる茶菓子も好みのものばかりだ。

「準備してくれてありがとう」と伝えたいのに、どうしてだか最後まで言い切ることができない。カップの取手を摑もうとするも、それも上手くいかない。何度指を伸ばしても、すか、すか、とすり抜けてしまう。

「フィンさん、あの、体が揺れてますよ」

「え？」

テイラーに指摘されて、自身の体がぐらぐらと揺れていることに気が付いた。これでは摑めるものも摑めない。

「おかしいな、うん」

うんうんと頷いて誤魔化しながら、今度こそカップを摑んで紅茶をひと口飲む。温かいお茶が食道を通って胃に落ちていくのがよくわかる。体の中が温まるのに合わせて、気持ちもほかほかしてきた。

「フィンさん」

名前を呼ばれて、は、と目を開く。開く、ということはつまり目を閉じていたということだ。カップを両手で包み込むように抱えたまま、フィンはこくこくと首を揺らして眠りかけていた。

「ちょっと、すみません」

「え、お……」

立ち上がったテイラーが一言断りを入れてフィンの背中に手を回した。そして、ひょい、と持ち上げる。「う、あ」と声を上げるフィンに構わず、テイラーはのっしのっしと寝室へ進み、そのままベッドにフィンをのせた。

「待っててくださいね」

そして一旦扉の向こうに引っ込むと、お盆を片手に戻ってきた。上にはカップや茶菓子が載っている。

「ここなら、そのまま眠ってしまっても大丈夫でしょ」

テイラーがにこにこと笑いながらそう言って、フィンにカップを差し出してきた。それを受け取りながら、フィンは「あぁ、うん」と口ごもる。

「こぼしそうになったら俺がキャッチします。反射神経には自信があるんで」

テイラーは拳を握り、力こぶを作るように肘を曲げてみせる。二の腕には筋肉の小山ができた。

「だから、眠りにつくまでのんびりおしゃべりしましょうね」

にこにこと笑うテイラーの、その尖った犬歯を見ていると、張り詰めていた気持ちがじんわりと緩んでくる。

「ありがとう。本当は、ちょっと……眠たかった」

素直にそう告げると、テイラーが笑みを深くする。眠気に負けるフィンを馬鹿にするでもなく、柔らかく、慈しむように。

「冬眠期なんだから、当然でしょう」

そう言うと、茶菓子の載った皿からクッキーを手に取って口元に差し出してきた。フィンはクッキーに鼻先を寄せ、ふんふんと匂いを嗅ぐ。すり潰した木の実がふんだんに練り込まれた、どんぐりクッキーだ。フィンの大好きな焼き菓子である。しばし香りを楽しんでから、さく、と歯を当てる。

さくさくと食べ進めていくと、テイラーの指に当たり、ぼんやりとした頭でぺろりとそれを舐める。テイラーが、さっ、と慌てて指を引いたことには気が付かず、自身の唇についた欠片もぺろぺろと舐めとる。

「……あぁごめん。また、寝ぼけてこんな」

「えっ、いやいや。嬉し……、楽しいですよ」

とんでもないことをしていると気付き、慌てて口を離し謝罪する。テイラーは変わらず笑みを浮かべていた。

その青く優しい目を見やってから、フィンは重たい息を吐く。

「テイラーくんの前では、もうちょっと年上らしくいたいのにな。もうちょっと、格好良く……」

初めて会ったあの日以来、テイラーはよくフィンを「格好良い」と評してくれる。フィンはそれが嬉しくてたまらなかった。

ずっと「格好良く」なりたかった。小さい頃に憧れたあの狼の警察官のように、格好良い獣人になりたかった。小さくてひ弱なヤマネには分不相応だとわかっていたが、ヒーローになりたかったのだ。

「フィンさん……」

「ごめん」

何に謝っているのか自分でもわからない。わからないが、申し訳なかった。せっかく「格好良い」

と言ってくれているのに、格好悪くて「ごめん」。上手く笑うこともできなくて「ごめん」。一緒の部屋で冬を過ごしているのに、何も楽しませることができなくて「ごめん」。色んなごめんが重なって、重たく心にのしかかる。

「えっと。あの……俺の同僚に、熊獣人がいるんですけど」

「うん？」

唐突に話が切り替わって、フィンは目を瞬かせる。カップに向かって落としていた視線を持ち上げると、テイラーがフィンをじっと見ていた。

「一回会ったことあると思うんですけど、覚えてますか？　俺たちが最初に出会った時」

「あぁ、リックくんの……」

思い当たって、ポンと手を打つ代わりにカップを擦る。テイラーは嬉しそうに「そうそう、エドワーズさんの恋人です。ディビスっていいます」と頷いた。

「ディビス、あぁ見えて可愛いものが好きで、優しいんですよ。でも、天然っていうか、たまに変なことを言う面白いところもあって。だけど、後輩なんかからは『無口で怖い』なんて言われてます。でも『頼りになる』って慕われてもいるんです」

「ん、うん」

話の流れが摑めず、曖昧に頷く。と、テイラーは「んん」と咳払いして「つまり」と続ける。その顔は至って真面目で、それでいて楽しそうだ。

「優しいだけじゃなくて、面白いし、怖いけど頼りになるし、格好いいところもあるんですよ。……なんて言うか、つまり、人って、一面だけじゃないじゃないですよね、って」

「うん」

素直に頷くと、微笑んだテイラーが自身の胸に手を当てる。

「俺も、多分色んな面があります」

「うん……」

そこにきてようやく、テイラーの言っていることが朧《おぼろ》げに理解できてきた。

「俺、フィンさんのこと格好良いって思ってますけど、それだけじゃないですよ。優しいし、意外とスポーツとかには熱くなる熱血っぽいところもあるし、実は細々した作業が苦手で不器用だし」

「不器用」

初めて言われたかもしれない、と目を瞬かせると、テイラーが笑った。

「ゆで卵大好きなのに、毎回殻が上手く剝《む》けなくてぼろぼろにしちゃうでしょ。で、しょんぼりしてる」

「……あぁ、うん」

たしかにそうだ。テイラーはフィンのことをよく見てくれているらしい。ちょっと、恥ずかしくなるくらいに。嬉しくて、それなのに何故か泣きたくなるくらいに。

「冬眠があるのも、寝ぼけてふにゃふにゃしちゃうのも、全部」

テイラーはふぅと長い息を吐いた。フィンは、胸がいっぱいで言葉が出ず、何度も「うん」「うん」とだけ頷く。

「全部まとめて、それがフィンさんで。俺は、そんなフィンさんが丸ごと好きですよ」

もう、頷くこともできなくなってしまった。フィンは目元を隠すように俯いて黙り込む。

「フィンさん？」

呼びかけに答えられずにいると、手の中からカップと背中からクッションを取られて、ゆっくりとベッドに寝かされる。どうやらテイラーは、フィンが眠ってしまったと思っているらしい。

「起きてるよ」とも言えないまま、フィンは目を閉じたままでいた。目を開けたら、その目尻に浮かんだ涙に気付かれてしまうと思ったからだ。

「おやすみなさい」

額に、温かい「何か」が触れる。手のひらよりも柔らかいそれは、一瞬で離れていった。温かい布団が肩にかかって、髪の毛をくしゃくしゃと撫でられて。とす……とす……とひそめた足音が遠ざかっていって。そして、部屋の電気が消えた。

（テイラーくん）

暗くなった部屋の中、フィンはぱちりと目を開ける。そして、目元をごしごしと擦った。

小さい頃、親に「もっと素直に笑いなさい」と言われた。その方が「可愛いから」と。愛想良くしていなさい、笑いなさい、ティムのように素直になりなさい。何度も、何度も何度も言われた。

大人になってからは、ロディをはじめ好きになった人、付き合った人には必ず「可愛い顔してるんだから笑ってよ」と言われた。「変な人だね」「表情がなさすぎる」「小型獣人は愛想があってなんぼでしょ」なんて。

誰も「そのままのフィンがいい」とは言ってくれなかった。フィンに「変われ」「笑え」「そのままではいるな」と言った。フィンもそれに応えようと、どうにか笑う練習をしてきた。社会人になってすぐの頃、「笑顔の教室」なんて有料の講座にも通ってみた。皆が当たり前にできていることができなくて、辛《つら》くて苦しかった。

『全部まとめて、それがフィンさんで。俺は、そんなフィンさんが丸ごと好きですよ』

テイラーは、そんなフィンにも色々なところがあるのだと言ってくれた。格好良いところも、熱血なところも、不器用なところも、冬眠があるのも、全部フィンなのだと。

目元を擦っても擦っても、次から次に涙が出てくる。

（あぁ。僕、テイラーくんが好きだ）

もう、気持ちを誤魔化すことはできなかった。フィンという、一人の獣人を丸ごと好きだと言ってくれるテイラーが好きだ。他人のことを、そうやって優しい目で見ることのできる性格も、気遣い上手なところも、すぐにくっつきたがる甘えたがりなところも。全部、全部……。

「ぜんぶ、好きだ」

か細い声が喉から漏れて、天井に向かって消えていく。今この時に、そんなことに気が付いてもどうしようもないのに。

ひんひんと泣きながら、フィンはいつの間にか眠りに落ちていた。

辛い現実と違い、夢の中は相変わらず幸せに溢れていた。豹になったテイラーと遊んだり、人間のテイラーと遊んだり。じゃれて、笑って、笑い合って。幸せだった。

ふと目を覚ますと、目の前にすやすや眠るテイラーがいた。ベッドの中に、すぐ隣に、フィンを抱きしめながらテイラーが眠っていたのだ。

(あぁ、なんだ、夢か)

夢の中で「これは夢だ」と気付くことは多々ある。フィンは「ふ」と息を吐いて、夢の温もりを堪能した。夢の中であれば、なんでもできる。フィンは胸の前で握っていた手をにぎにぎと開いて閉じて、それをテイラーの背中に回した。そして、その厚い胸板に頬を押し付ける。

すぅ、と鼻から息を吸うとテイラーの匂いが鼻腔《びこう》に広がる。同じ石鹸《せっけん》を使っているはずなのに、どうしてだか違う匂いに感じる。肌の匂いなのかなんなのか、理由はわからないが、とにかく心地好《よ》い匂いであることに間違いはない。すんすん、と鼻を鳴らして匂いを嗅いでいると、テイラーがわずかに身動《みじろ》いだ。

「ふっ……、くすぐった」

鎖骨のあたりに当てた鼻先を指先で軽くつままれて、「ん」と間抜けな声が出る。

「お腹空《なか》いたんですか？」

「んん」

違う、と首を振る。と、テイラーの顎がつむじに下りてきた。そうすると必然的に、むぎゅ、と全身を包み込まれるような格好になる。

「眠たい？」

「ん」

今度は、こく、首を縦に振る。すると、テイラーの体が小刻みに震えた。どうやら笑っているらしい。

「もうちょっと寝ましょうね」

「ん……」

甘やかされるように背中を擦られて、フィンは背を丸める。目を閉じると、頬に柔らかな感触が降ってきた。目を開けなくてもわかる。テイラーの尻尾だ。

ふわふわと撫でるように優しく行ったり来たりして、そしてそれはフィンの尻尾へとたどり着く。くる、と絡み合うようにまとわりついて、互いを慈しむように擦り合って。

（あぁ、冬眠だ……）

そういえば、誰かと過ごす冬眠はこうだった、とフィンは思い出す。昔々、まだ実家にいる頃。弟と同じベッドで、こうやってひとつになって眠った。絡み合った尻尾がどちらのものかわからなくなるくらいに、ぎゅっ、とひとつになって。

（このまま……。春なんて、来なければいいのに）

そうすれば、フィンはこの幸せな夢に浸っていられる。暖かくて、幸せで、それでいてどこか虚《むな》しくて悲しい夢に。

（春、なんて……）

とろとろと溶けていく体を、逞しい腕が抱きとめる。「ここにいていい」と言われているような、そんな気持ちになった。

このまま、ずっとここにいたかった。

九

それから、フィンは起きたり眠ったりの日々を繰り返した。冬が深まるにつれ、眠りが深くなっていく。真冬を迎える頃には、三日ぶっ続けで眠ることも多くなった。

とりあえず起きたら夢現《ゆめうつつ》のまま食事、そして風呂。昨年はそれらに加えて洗濯や掃除もちまちまやっていたのだが、今年はそれがない。なにしろ、テイラーがすべてやってくれるからだ。枕元の食料はいつでも満タンに補充されていて、風呂場のタオルは常にふわふわふかふか。時折ベッドからソファに運ばれて、そこで寝ている間にシーツまで替えてくれる。

少しはっきりと意識が戻った時に「悪い」「申し訳ない」と言ったのだが、テイラーは「なにがですか?」とまったく気にした様子もなく。それどころか……。

「俺は楽しんでやってますからね」

なんて言われる始末だ。

「仕事帰りにフィンさんの部屋を覗いて、すや〜、って感じの寝息を聞くと、それだけで元気になるんですよね」

と耳と尻尾をぴんぴん跳ねさせながら笑うテイラーに、嘘を言っているような様子はなく。フィンは「ありがとう」と頭を下げるしかなかった。

その時点でもう依存しているに等しい関係性だったのだが、そこにさらに厄介事がひとつ増えた。風呂の面倒だ。それには、ある「事件」が絡んでいた。

「事件」が起きたのは真冬も真冬、年が明ける頃だった。フィンが、風呂に入っている時に溺れたのだ。

溺れた、というより風呂に浸かっているうちにどんどん沈んでいった……というのが正しい流れだが、まぁ、なんにせよ危なかったことに変わりはない。

たまたまテイラーのいる夜で、いつまでも風呂から出てこないことを心配した彼が、危うく鼻先までお湯に浸かりかけたフィンを発見したのだ。さすが消防官ということもあり、テイラーはお湯から引き上げたフィンに適切な処置を施してくれた……ようだ。残念ながら、それから目が覚めるまでのことを、フィンは覚えていない。とにかく、目が覚めたら腕組みをして眉を吊り上げ、見たことのない厳しい表情を浮かべているテイラーがいた。何事か、と怯《おび》えているうちに「次からは俺が入浴を手伝います」と宣言されてしまったのだ。

危ないところを助けてもらい迷惑をかけた身としては、強く突っぱねることもできず。以降、風呂の際はテイラーに見張られる……もとい、テイラーに手伝って貰うことになってしまった。

*

「お痒いところはありませんか？」

「ん。大丈夫」

風呂に浸かったフィンの頭を、浴槽の外からテイラーが美容師然としてわしわしと洗う。フィンはもちろん裸だが、テイラーはシャツにズボン、普段通りに服を着込んでいる。

この浴槽はフィンが特注で頼んだもので、可愛らしい猫足がついている。その形状から、壁に沿って設置できず若干不便を感じていたが、今は曲線作りのそれに助けられている。縁に首を預けやすいのだ。

手伝いとは、まさしく手伝いだ。テイラーはこうやって風呂に浸かるフィンを見守りながら、頭を洗ってくれる。

一応最初のうちは「こんなことまでさせるわけには……」と反対したものの「俺のいないところでフィンさんが溺れてたらって思うと、仕事中もそわそわして仕方ないんです」と言われると黙るしかなく。さらに「俺たちの関係なら、いいんじゃないですかね」と照れくさそうに、にこっと微笑まれてしまって。まぁたしかに、これまで海やらプールやら温泉やらに行ってお互い裸は見たことがあるし、「友達同士」なら問題はないのかもしれない。

（警察学校でも、風呂は皆一緒だったしな）

昔を思い出し、不承不承納得したフィンであった。

それにしても、風呂場で溺れかけるなど、初めての体験であった。いくら冬眠中とはいえ、最低限死なないように気は張っているのだ。

（多分、安心しきっていたんだろう）

フィンは「ふぅ」と息を吐いて目を閉じる。「流しますよ」の声かけと共に、お湯が髪についた泡を流していった。ざぶざぶと数度流され手でしっかりと滑《ぬめ》りも取ってもらって。ふわふわのタオルで頭全体を包まれる。

「上がりましょうか」

「ん、あぁ」

髪を撫でる指の感触が気持ち良く、とろとろと微睡んでしまった。その間にテイラーはフィンの体を持ち上げ、バスタオルで包んでしまう。そのまま脱衣所に運ばれ体を拭きあげられ、これまた抱き上げられてリビングに運ばれる。

用意された下着とパジャマにのたのたと腕を通していると、手にドライヤーを持ったテイラーが戻ってきた。

ソファに腰掛け、ぐで、と下を向くのと同時に、温風が髪をなぶる。ぶぉおお……と風の唸る音を聞きながら、フィンはへにょへにょと脱力した。力の抜けた耳がぷるぷると風に煽《あお》られている。

「ほら、もうちょいですから」

「ん、ん」

胸元を押されて、後ろに倒れ込む。と、柔らかくて張りのあるものにぶつかった。テイラーの体だ。体の力を抜いて身を預けている間も、テイラーはフィンの髪を梳《と》かし、乾かし、撫でつける。

パチ、とドライヤーの電源を切り、テイラーが櫛《くし》で整える。

「フィンさんの髪ってさらさらで柔らかいですね」

「ん？　あぁ、うん」

フィンの毛はさらさらとしていて、癖がない。ヘアアレンジも何も楽しみようがない髪質だ。

「テイラーくんの髪は、お洒落だ」

テイラーの髪は全体的に軽くウェーブがかっている。襟足ともみあげのあたりをすっきりと刈っていて、フィンから見ればとてもお洒落だ。

「髪の色は、染めているのか？」

「え？　いや、染めてないですよ」

テイラーが自身の髪に手をやりかき上げる。部屋の明かりに照らされて、きらきらと光るそれは金髪を通り越して白くすら見える。獣人の髪色は、基本的に自身の獣性によって異なる。例えばフィンはヤマネ獣人なのでヤマネの毛の色に近い薄茶色。テイラーは豹獣人なので黄色のはずなのだが、若干色味が薄すぎる。

てっきり染めているものだと思っていたので、意外な答えに「へぇ」と高い声が出てしまう。……と、テイラーが「あれ？」と首を傾げた。

「俺、雪豹獣人って言ってませんでしたっけ？」

「……。雪豹？」

驚きすぎて、反応がワンテンポ遅れてしまった。ついでにとろとろと忍び寄ってきていた眠気も、いずこかへ逃げ出した。

「雪豹って……それは、なんというか、凄いな」

豹獣人も大概珍しいが、雪豹となると「珍しい」なんてレベルではない。そういう獣人がいるとは知っていたが、実際に会うのは初めてだ。

「仕事柄、いろんな獣人に会うけれど、雪豹獣人に会ったのは初めてだ」

「はは。俺も、家族や親戚以外で雪豹には会ったことありません。住んでるのも大体北の方ですしね」

テイラーはカラッとした笑顔でそう答えると、特に気にした様子もなく櫛を操ってフィンの髪を梳く。「ふんふん」と鼻歌まで歌って、ご機嫌な様子だ。

「獣性が雪豹である」というのは、フィンにとってはかなり衝撃的な事実であったが、テイラーの方はそうでもないらしい。ばくばくと鳴る心臓のあたりを押さえて息を吐きながら、フィンは「雪豹ということは……」と首を傾げた。

「寒さに強いんだな」

「はい。おかげで冬は元気いっぱいです」

たしかに、寒くなればなるほどテイラーは元気になっている気がする。そもそも空調が効いているとはいえ、この時期にシャツ一枚で過ごすこと自体がおかしいのだ。冬眠でぼんやりしていたとはいえ、テイラーの薄着に何も疑問を抱かなかったことに衝撃を受けながら、フィンは「へぇ」と声を上げる。

「でも、それじゃあどうして消防官に？　熱いのは苦手じゃないのか？」

消防官といえば、火事の消火活動に尽力することが常だ。熱いのが苦手な雪豹獣人であるテイラーは、最前線で炎に炙《あぶ》られて、辛くないのだろうか。

ちら、と探るように斜め後ろを窺い見れば、テイラーは「そうですねぇ」と穏やかに首を傾けた。

「辛いは辛いですよ。フィンさんの言う通り、雪豹は熱いのが苦手なので。夏場の火事なんかはもう、地獄です」

「火に煽られると熱くて熱くて」と微笑みながら語るテイラーは、そこで「でも」と言葉を区切る。

「夢だったんで、ずっと。消防官になって人を助けるのが」

フィンの膝の上に置かれていた手が、拳を握る。

「無理だとか、向かないとか、散々言われて。自分でも適性はないってわかってたんですけど、どうしても、……どうしても諦められなくて」

明るい口調と裏腹に、しっかりと芯の通った声。フィンはテイラーの大きな拳を見た。バスケットボールを掴めるほどの大きな、大きな手。しかしそんな彼の手でも掴み取ることが難しかった夢。

フィンはその拳に、そっと自分の手をのせてみた。拳はあっさりと開かれ、そしてフィンの手をさらうように握る。

「で、諦めなかった結果がこれです」

と、テイラーが胸を張る。その弾力に弾かれながら、フィンは「うん」と曖昧に頷いた。

「フィンさんに『初めて』会った時……」

少しの間の後、ふと、テイラーが呟いた。「初めて」という言葉が妙に印象的に聞こえて、フィンはぴぴっと耳を跳ねさせる。テイラーは、その時のことを思い出しながら話しているのか、少しゆっくりした口調で話を続けた。

「小型獣人の警察官なんてめちゃくちゃ珍しいし、勝手に自分と重ねて。それも、フィンさんが気になった理由です」

そんなことを考えていたのか、と不思議な気持ちになる。「友達になりたい」と言った時の、真っ直ぐな薄い空色の目。あの眼差《まなざ》しの裏側にそんな気持ちが込められていたなんて、思いもしなかった。

「僕も」

気が付けば、ぽつりと言葉をこぼしていた。

「僕も、どうしても警察官になりたかったんだ」

こんなことを身内以外に言うのは初めてかもしれない。しかし、何故だか口は素直に、淀みなく開く。

「似合わない、お前には無理だって言われても、諦めたくなくて。ずっと憧れで……」

「憧れ？」

テイラーの胸元に寄りかかる背中がぽかぽかと温かくて、フィンの意識がとろりと滲む。

「うん。僕、『超次元警察ギャオン』が好きでね。平和を守る警察官に憧れてたんだ」

なんの衒いもなくそう答えて、答えた後に「あ」と気が付く。自分が、とても恥ずかしいことを言ってしまったということに。

「あっ、知ってますそのアニメ」

しかしテイラーは気にした様子もなく、むしろ嬉しそうな声を上げる。

「主題歌覚えてますよ。んー……どんな次元の悪であれ～」

テイラーが覚えのあるフレーズを歌い出したので、フィンも耳をぴぴっと跳ねさせて、口を開く。

「決して俺は見逃さぬ～」

「正義の拳銃たずさえて、ゆけ～」

ワンフレーズずつ交互に歌いながら、次第にくすくすと笑いが混じっていく。

「ギャオン、ギャオン、ギャーオン」

最後は二人で声を揃えて締めくくり、一拍後に「ははは っ」と声を上げて笑った。テイラーがフィンの体を後ろから抱きしめて、フィンはその太い腕に手を這わせて。相変わらず、ちゃんとした笑顔が作れているかどうかはわからないが、楽しいのは事実だ。フィンは体と同様ほかほかに温まっていく心を感じながら、ふぅ、と息を吐いた。

「俺たち、似てますね」

「え？」

「ほら、どうしてもなりたいものがあって、その夢を追いかけた者同士」

似てるでしょ、と背後で笑いの気配がする。テイラーにとっては、「大型獣人」でも「小型獣人」でもないのだ。そんな枠を全部取っ払って、ただの夢を叶《かな》えようとひた走る者同士、同じなのだと言っている。

「あぁ、本当だ。……同じなんだな」

そのフラットなものの見方に、フィンは密かに心を震わせていた。

(そうか、僕の方が……)

小型獣人の枠に囚《とら》われたくないと思いながら、「小型獣人だから」「見た目がこうだから」「笑わなければ」「取り繕わなければ」と必死に自分を型に嵌《は》めようとしていた。

「テイラーくんの目は、とても素敵だ」

「え?」

「とても素敵な、ものの見方をする」

胸に込み上げてきた熱いものが、フィンの声を震わせた。

テイラーの腕をそっと押して抜け出し、ゆっくりと体の向きを変える。向かい合ったテイラーは、ぱちぱちとその人懐こい目を瞬かせていた。

白く長いまつ毛に縁取られた、色素の薄い硝子《ガラス》玉のような目。すっきりと通った鼻筋に大きな口と、そこから覗く犬歯。大型獣人らしく、男らしい骨格、逞しい体。そして、その中に詰まった優しくて大らかで、温かい心。

「好きだ」

好きだ、好きだ、大好きだ。思いが溢れて、言葉になる。

「えぇ? 俺も……好きですよ」

顔を赤くしたテイラーがはにかむように笑いながら頷く。しかし、フィンはふるふると首を振った。

「違うんだ。……僕の好きは、多分、テイラーくんの言う好きと違う」

「え？」

こんな時に言うのはずるいとわかっていた。まだ冬の半ば、フィンはそのうちまた意識を失うように眠りにつく。今伝えたところで、テイラーを困惑させるだけだと。

ちゃんとそうわかっているのに、六つも年下の子を困らせてはいけないのに。それでも、言葉が止まらない。

「僕は、その……」

不思議そうな顔をするテイラーに、なんと言おうかと働かない頭をぐるぐると回転させている途中。

——ピピピピッ、ピピピピッ
フィンの声を遮るように、電子音が響いた。しばし顔を見合わせた後、テイラーが「ごめんなさい」とフィンを膝からソファに下ろす。そして、ダイニングテーブルの上に置いていた携帯電話を手に取った。

「はいっ、クラークです。ええ、はい……」

短く言葉を交わしながら、テイラーは自身に充《あ》てがわれた部屋へと歩いていく。携帯電話を肩に挟んだまま、するすると着替えて、常時用意している荷物を肩にかける。

「了解です」

最後にそう言い切る頃には、テイラーはすっかり出勤時と同じように身支度を整えていた。

「フィンさん、すみません」

「うん、出動要請？」

「はい。今から出ますね」

いつもは朗らかなテイラーが、きゅっと引き締まった顔をしている。それも当然だ。これからテイラーは、命をかけて人命を救いにいくのだから。

フィンもまたソファから下りて、テイラーの隣に並び立つ。

「見送らせて」

そのまま二人で玄関へと向かって。上がりかまちに腰掛けて靴を履いたテイラーが、くるりとフィンを振り返った。

「フィンさん」

「はい」

段差のある玄関。一段下にいるというのに、やはりテイラーの方が上背がある。見上げるように首を上向けると、持ち上げた両手を彷徨わせたテイラーが、それをフィンの肩の上に下ろした。

「俺も、好きですからね。フィンさんのこと」

「あぁ、うん。ありがとう」

先程の、電話がかかってくる直前の話を気にしてくれているのだろうテイラーが、真剣な顔でフィンに好意を伝えてくれる。フィンは曖昧に、しかしテイラーを困らせないようしっかりと頷いた。今は妙なことを言って、テイラーに余計な心配をかけている場合ではない。

「いってらっしゃい。……気をつけて」

どんなに気をつけても、何もないとは限らない。それでもフィンは祈るように「気をつけて」ともう一度繰り返した。

「はい」

肩に置かれた手を、ぐい、と引っ張られて前のめりになる。あ、という間に、フィンはテイラーの腕の中にいた。

「いってきます」

そ、と頰を掠《かす》めるように唇が触れて。身を離されたと思ったら、テイラーはもう玄関の扉を開けて、大股で外へと向かっていた。

フィンは頰を手で押さえたまま、大きな背中を見送る。手が触れたそこは、じんじんと痺れたように熱い。肌と肌が触れ合うことならこれまでいくらでもあったのに、その場所が唇というだけで、どうにも落ち着かない気持ちになる。

「いや、今のは偶然……」

呻きながら、フィンはその場にずるずると座り込む。毛足の長い玄関マットが、フィンを受け入れた。さすがにその場にはおれず、四つん這《ば》いのような体勢でリビングに向かう。

（好き、好きが……テイラーくんの好きが）

ぺたぺたと廊下を進んで、リビングのカーペットに触れて、そこで力尽きて蹲《うずくま》る。

「僕のと、おんなじならいいのに」

体を横倒しにしてころんと転がり、両手を頬に当てる。沈んでいる口角を、無理矢理持ち上げた。

太陽みたいに明るく笑う彼と、こんなにも近い距離の友達でいられるなんて、それだけでありがたい話なのに。それなのに、フィンはそれ以上を望んでしまう。

ずっと黙っていようと思ったのに、我慢できなかった。気持ちが溢れてしまった。

「好きになって欲しいなぁ」

ほろ、と涙がこぼれた。頬を持ち上げて歪《ゆが》んだ笑みを浮かべながら、目からは涙がほろほろとこぼれ続ける。

泣くと疲れるもので。ただでさえ体力のない冬眠中の体はそれだけで限界を迎えて。いつしかフィンは、カーペットに寝込んだまま、深い深い眠りの底へと沈んでいた。

十

——ピン、ポーン。ピンポーン。

数度、チャイムの音がした。

「ん……」

「起きろ、起きろ」と揺さぶられるかのように意識が浮上して、フィンはのろのろと瞼を持ち上げた。

——ピンポーン。

やはり聞き間違いではない。部屋中に、フィンを呼び出すチャイムの音が響いていた。ピポピポと遠慮がなくなるそれは、鳴り止《や》む様子もない。フィンはのたのたと身を起こして、羽織っていたカーディガンのあわせを寄せる。

「ん」

一瞬、自分がどこにいるのかわからずきょろきょろとあたりを見渡して、そこがリビングだということに気が付いた。どうやら、床で寝ていたらしい。体の至る所が痛くて、フィンは「ぅあっ」と背筋を伸ばしてから、ようやっと立ち上がった。

（テイラーくんかな。もしかして、鍵、忘れていった？）

テイラーには、合鍵を渡している。フィンが寝ている間も自由に出入りできるようにだ。

食料や必需品の買い出しは、基本的にテイラーがしてくれている。なので、宅配便等を利用することもほとんどない。郵便受けには「冬眠中です」のマグネットを貼っているので、わざわざチャイムを鳴らされることもないはずだ。

思いつくのは、テイラーが鍵を忘れていった……くらいしかない。フィンはぼやぼやした頭のまま、外と繋がるインターホンのボタンを押した。

「はい」

「あ、フィン？　良かった、起きてた」

その声に聞き覚えがあって、フィンの目が一気に覚める。ようやくぱっちりと開いた目で、慌ててインターホンの画面を確認する。

「ロディ……」

そこには、元恋人であるロディが悪びれない笑みを浮かべて立っていた。

無言で画面を切ろうとする、とタイミングを見計らったかのように「あー、あっ、切らないでくれよ？」とロディの声が飛んできた。

「……」

「多分お前の家に忘れ物しててさぁ。ほんと、ちょっと重要な書類だから。な？」

無言でいると、ロディが一方的に喋《しゃべ》って話を進めていく。

「……そんなものなかった」

たっぷりの沈黙の後、フィンはロディの話を否定する。

ロディが出ていってから、彼の使っていた部屋は隅々まで綺麗《きれい》にした。残されたごみ袋にさらにごみを詰め込んで、フィンは思い出も何もかもまとめて捨てたのだ。今さら何も残っていない。

「あるんだって。ほら、お前が書斎にしてる部屋。あそこのクローゼットの中の引き出しだよ。あそこに俺の宛名になってる封筒が入ってるから」

言われて、ちらりと書斎の方に視線をやる。その部屋のクローゼットには、たしかに色々と書類をしまっており、日頃は中々開けない。

「ちょっとそれが必要になってさぁ。何回か電話したけど、お前着信拒否してるだろ？　だから直接来たんだよ」

ロディの電話番号は、着信拒否に設定しアドレス帳から削除して久しい。彼の言う通り、電話をかけても繋がらないはずだ。ちらりと時計を見れば、まだ午前中だった。明るい時間に訪ねてくるだけ、まだましなのだろうか。

色々と思うことはあったが、フィンはひとつ溜め息を吐いてから「わかった」と短く答えた。

「でも、部屋には上げられない。書類を見つけて持っていくから、エントランスで待っててくれ」

「……。はいはい、わかったよ」

エントランスには防犯カメラが設置されているし、マンションの管理人が控えている小部屋も近くにある。「何かあった時」を考えると、安易に部屋に上げるよりは安全だろう。

妙な間があったが、ロディは嫌がることなく受け入れた。少しだけホッとして、フィンは重い体を引きずって書斎に向かう。

ごそごそとクローゼットの引き出しを探れば、本当に書類が出てきた。ロディの言っていたことは事実だったのだ。保険会社の社名が入っている封筒は、たしかに重要そうに見える。

(でも、なんで今さら)

眠気を覚ますために冷水で顔を洗ってから、のろのろと着替える。その間も何度もあくびを噛み殺した。

「とっとと渡して寝る、とっとと渡して寝る」

ぶつぶつと呪文のように繰り返しながら、それでもフィンは部屋を出てエレベーターに乗り込んだ。

*

「よ、久しぶり」

エントランスに備え付けてある椅子に腰掛けていたロディが、フィンを見て立ち上がる。中型の鹿獣人である彼は上背があり、フィンは見上げる形で彼の顔に視線をやった。

「これ」

封筒を差し出す。と、パッと表情を明るくしたロディが「あぁ、これこれ」と受け取った。素早く中を確認してから、にんまりと笑う。

「やー、ありがとな。お前のとこかもなぁとは思ってたんだけど、中々顔も合わせづらくて」

本当か、と問いたくなるような気軽さで、ロディが肩をすくめる。元々、金融関係の営業をしているロディは口が上手かった。自分にはないそのコミュニケーション能力の高さにも惹かれていたが、今となっては昔の話だ。

フィンは湧き上がってきたあくびを嚙み殺しながら、「もう行くから」と無理矢理話を切り上げた。これ以上話していると、この場で眠ってしまいそうだ。

「相変わらず、冬眠大変そうだな」

他人事《ひとごと》のようにそう言って、ロディが肩をすくめる。フィンは曖昧にそれに頷いてから、彼に背を向けた。もう、一刻も早くベッドに入って眠ってしまいたかった。しかし……。

「なぁ俺、ちょっとだけなら面倒みてやれるけど？」

「ちょっとだけ」というのも、「みてやれる」と上から目線なのも、大層彼らしい。ロディは冬眠をするフィンが嫌で別れたのだ。そもそも、冬眠に対する理解が薄い。

（そういえば、テイラーくんは……）

テイラーは一度も「面倒をみてやる」とは言わなかった。

『手伝えることがあったら』

『俺にできることがあれば』

『フィンさんが、迷惑じゃなければ』

彼はいつでも、押し付けがましくなく手伝いを申し出てくれた。それはきっと、自分の気持ちよりフィンのそれを優先してくれていたからだろう。唯一、風呂の手伝いだけは譲らなかったが……それはまぁ、生死に関わることなので仕方ない。

『フィンさんのそばにいさせてください』

大きな体を小さく丸めるように頭を下げ、柔らかく笑うテイラーの顔を思い出す。

「でさぁ、面倒みてやる代わりっていうかさ、ちょっとお金貸してくれない？」

ぼんやりと考え事をしている間も、ロディの話は続いていた。「金」という単語に顔を上げると、ロディが甘えるように首を傾げていた。

「……なに？」

「ほら、一緒に暮らしてる時たまに貸してくれてたじゃん」

同棲時代、ロディは時折フィンに「お金を貸して欲しい」とねだってきた。もちろん、いくら付き合っているとはいえ他人に金を貸すのは嫌だったが、「両親の具合が悪くて急いで実家に戻らないといけない」や「病気の妹の入院費が足りなくて」と言われたら、見捨ててはおけなかった。

まぁその金の半分も返ってきてはいないのだが。ロディはそのことを忘れているのだろうか……いや、わかっていて忘れたふりをしているのか。

「それは付き合っていた時の話だろう。恋人のご両親や妹が困っていたら、できることをしてやりたい」

何にしても、それはあくまで付き合っている時の話だ。フィンはゆるゆると首を振った。

「えぇ〜、じゃあ元恋人の家族のことはどうでもいいの？　見捨てられるの？」

しかしロディは悪びれずとんでもない自論を展開してくる。さすがのフィンも「なんだその理屈は」と言い返したくなった……が、それを堪《こら》えて真っ直ぐにロディを見返した。冷静であれ、と自分に言い聞かせながら。

「君の大事な家族だろう。君が、自分自身の力で助けてあげるべきだ」

きっぱりそう言い切ると、一瞬面食らったような顔をしたロディが「ふーん」と目をすがめた。

「なんか、フィン変わったな。前は俺のいうこと『わかった』ってなんでも聞いてくれてたのに。つまらない」

つまらない、と言われてもフィンは気にならなかった。大事なのは、ロディからの評価ではない。

「ま、いいけど。じゃあさ、せっかく起きてるなら、どう？」

「どう、って？」

「寂しいんじゃないか、ってこと」

その含んだような目線と、腰に伸びてきた腕の手付きで、彼が何を言いたいか察する。

思わず正気を疑ったが、ロディに気まずそうな様子はない。ただにこにこと楽しそうに笑っていた。

(……いや、これは僕のせいだ)

フィンは数度瞬いて、湧いてきた怒りを散らす。

ロディが平気でこんなことを言うのはきっと、彼と交際していた時、なんでも受け入れてきたフィンのせいもある。フィンは、ロディのこういった要求をうやむやにして丸ごと飲み込んできた。

本当は知っていた。彼に妹なんていないことも、両親が健勝なことも、遊びに使った金の補填にフィンの金をせびっていたことも。知っていて、それを受け入れていたのはフィンだ。

「ロディ、悪かった」

「ん、なに？」

「君をそんな格好悪い男にしてしまったのは、僕の責任でもある」

「……はぁ？」

少しの間の後、ロディが低い声を出して眉根を寄せる。フィンが「変なこと」を言った時の顔だ。

その顔が恐ろしくて、見たくなくて、以前のフィンは色々な言葉を飲み込んできた。

「悪いが、君にはもう一切の魅力を感じない」

「な」

しかし今はもう、そんなもの怖くもなんともない。

「そもそも浮気して捨てた男のところによく顔を出せたものだな。僕なら保険会社に連絡して再発行でもなんでもしてもらうぞ」

「な、なにを……好き勝手」

たじろぐロディを、フィンは平坦な気持ちで見やる。

「好き勝手は君の方だ。冬眠中の恋人の家に浮気相手を入れるなんて、マナーもモラルもなさすぎる」

昨年の冬、何も言えないままベッドの中で縮こまっていたフィンは、もういない。いや、いなくなったわけではない。フィンはいつだって、フィンだ。小型獣人で、真面目を通り越して陰気な性格で、家庭菜園と筋トレが趣味で、毎日ゆで卵をふたつ食べないと気が済まない、上手く笑えない男。前は、そんな自分が嫌だった。変わりたいと、変わらなければならないと思っていた。

でもきっと、そのままでいい。そのままのフィン・クレイヴンでいいのだ。

「僕は……変わり者で陰気な男らしいから、これくらい言ってもおかしくないだろう」

「……っ、フィン！」

我慢できなくなったのか、ロディがフィンの胸ぐらを摑もうと手を突き出してくる。

「僕だって、……っ嫌なものは嫌なん、だっ！」

きっ、と睨《にら》みつけるようにロディを見る。ロディの進行方向を避けるように一歩引いて、体の角度を変える。空ぶったロディの腕を横から摑み、ぐるんと手加減して捻り上げ、肘を首元に当てる。

「お、わっ、いだだだだっ」

ロディは情けない声を上げ、痛みから逃げるように膝を折った。

「許可なく『他人』の体に触れようとしてはいけない」

「フィン、お前……っ」

体の小さな小型獣人向けの護身術だ。多少手荒な行動になってしまったが、先に手を出してきたのはロディの方だ。

フィンはあっさりとロディを解放すると、その背中を軽く押しやった。と、と、と数歩進んで、彼は恨みがましい目でフィンを振り返る。侮っていた相手にやり返されて、悔しかったのかもしれない。

「それを持って、早く帰ってくれ」

それ、と封筒を指してロディに強い視線を送る。もう、一歩も引く気はなかった。

——と、その時。

「あれ、フィンさん？」

場の空気を壊すような明るい声が飛んできた。

「こんなところで、なにしてるんですか」

「あ。テイラーくん」

それはテイラーだった。外から続く扉を通って、のっしのっしとエントランスに入ってくる。少し髪がくたびれて見えるのは、仕事上がりだからだろうか。

……が、その表情より何より、その手に持っているものが、どうしても視界に入ってしまう。

「あの、その手の、……それは？」

「え？　肉ですよ」

テイラーの右手には、とんでもない大きさの肉が提がっていた。ぶりっとした赤身に白い脂の入った、肉塊。ビニールで包んで紐で吊ってあるが、「肉だ」とひと目でわかるほどの……大きな肉だった。

「今日はちょっと疲れたんで、これ食べて元気出そうかなって思って買ってきました。フィンさんも一緒に食べましょうね」

にこにこと笑うと、テイラーがその肉を肩のあたりまで持ち上げる。見た目からしてかなり重さがありそうだが、テイラーの手付きはそれをまったく感じさせない。

「うわ」

声の聞こえた方に顔を向けると、ロディが引いたような顔をして肉と、そしてテイラーを眺めていた。若干腰が引けているように見えるのは、勘違いではないだろう。

まぁ突然巨大な肉塊を持った大型獣人がやってきたら驚くのも仕方ない。

「ん、お知り合いですか？」

ロディに目を向けたテイラーが、フィンに笑顔を向けてくる。

「えっと……」

なんとも言えずに言葉を探していると、ロディの方が先に口を開いた。

「こ、恋人だ……、まぁ元だけど」

「あぁ、元恋人……えっ、元恋人？」

一瞬納得しかけたテイラーが、ぎょっとした顔でフィンを見やる。そして何故か「へぇ」とえらく低い声で頷いて、ロディに舐めるような視線を送る。

大型獣人にそんな目で見られたロディは、たまったものではなかったのだろう。短い尻尾をふるっと震わせて、一、二歩後退《あとずさ》った。

そんなロディに、肉塊を手に持ったままのテイラーが、ずんずんと近付いていく。

「ひっ」

慄《おのの》くロディに構わず、ヌッと立ちはだかったテイラーが不敵に微笑む。

「それはどうも。俺は、フィンさんの現恋人です」

テイラーはそう言うと、まるで狩人のように肉を肩にかけ、ロディに向かって手を差し出した。どっしりと自信に満ちたその顔は、嘘を言っているようには見えない。

「へ、へぇ～、今の恋人。あぁ、うん」

ロディは目の前の巨体と奥にいるフィンをちらちらと見比べる。「聞いてないぞ」とまるで騙《だま》されたような顔をしているが、フィンだって聞いていない。テイラーがフィンの恋人だったなんて、初耳だ。

(テイラーくん？)

何故、と思ってテイラーを窺う。と、彼は空色の目を薄くすがめ、じりじりと威嚇《いかく》するようにロディを見ていた。その鋭い顔付きを見て、フィンはようやくピンとくる。

(なるほど、追い返そうとしてくれているのか)

勘のいいテイラーのことだ。フィンのロディに対する不穏な空気に気が付いたのかもしれない。きっと、困っているフィンを助けようと一計を案じてくれたのだ。

(なんだ、そうか)

ホッとすると同時に、寂しさに似た虚しさを感じて、フィンは下唇を噛む。

「それで。元、恋人が何の御用で？」

「元」という単語を妙に強調して、テイラーが表面上はにこやかにロディに問う。ロディは気まずげに「まぁ、その」と視線を彷徨わせた後、手に持っていた封筒を掲げた。

「書類を受け取りに、ね。なにしろ去年まで、ここで同棲していたから」

瞬間、ピシリと空気が固まる。おそらくロディは自分より力のありそうなテイラーにひと泡吹かせてやるつもりで「同棲」なんて言ったのだろう。

たしかに本物の恋人であれば動揺するだろうが、生憎《あいにく》と、テイラーは「本物」ではない。フィンは冷めた目でロディを見やった。びくびくと怯えているわりに、相手を嫌な気持ちにしようとしてくる。ロディにはそういう、子どもっぽい負けず嫌いなところがあった。

しばし、しん……と静まり返ったエントランスに、テイラーの「で?」という声が響く。

「その書類をお持ちということは、用事は済んだんですよね」

その声は、先程より一段も二段も低くて、フィンすら聞き慣れない。肉食獣が獲物を狙い定めた時のような緊迫感があり、思わずぶるりと身を震わせた。

「え、いや」

「済んだんですよ、ね?」

「あぁ、はい。まぁ……」

笑っているのに、いつものあの春のような暖かさは感じられない。むしろ、極寒の海のような冷たさだ。流氷が浮かんでいて、入ったら心臓まで凍りついてしまいそうなほど冷たそうな、そんな。

「では、早急にお帰りになったらどうですか？」

「あ、あぁ、か、帰る……、帰ります」

さすがのロディも、大型獣人の威圧に気圧《けお》されているのだろう。その尻尾の毛がわずかに膨れているのが見てとれた。まさに尻尾を巻いて逃げるように、ロディがマンションの入り口に走る。彼の背中はあっという間に透明な扉の向こうへと消えていった。

小型獣人に腕を捻り上げられ、大型獣人に脅され。さすがのロディも、もう二度とここを訪れはしないだろう。

溜め息を吐きながら見送っていると、肩に手を置かれた。振り仰げばそこにいるのはもちろんテイラー以外のわけもなく。

「部屋、戻りましょうか。空調が効いているとはいえ、ここは寒いでしょう」

そう言われて、フィンは素直に「あぁ」と頷く。と、テイラーがフィンの手を掬《すく》うように摑んだ。片手に肉、片手にフィンの手を持って、テイラーがずんずんと進んでいく。

長い足に見合った移動速度についていくべく、フィンはちょこちょこと小刻みに足を動かす。そうしないと、テイラーの手に引っ張られて、前のめりに倒れそうだった。

そこでようやく、いつも並んで歩けるのは、テイラーがフィンに歩幅を合わせていてくれたからだということに気付く。

（テイラーくん？）

「歩幅を合わせてくれないのは、何か怒っているからなのか」と問いかけられるような雰囲気でもなく。

互いに何も口にしないまま、二人はフィンの部屋へと戻った。

十一

どさっ、と肉塊がダイニングテーブルの上に置かれる。肉は解放されたが、フィンの手首はテイラーの手の内だ。

無言のテイラーを見上げるが、頬からこめかみにかけてはよく見えるのに、角度のせいで目が見えない。テイラーが、表情を隠すように顔を横向けているからだ。

「テイラーくん。あの……」

かばってくれてありがとうと言うべきか、仕事終わりで疲れているのにごたごたに巻き込んでごめんと頭を下げるべきか。

「フィンさん」

しかし、何かを言い出す前にフィンは動けなくなってしまった。テイラーが、その体全部を使うようにして、ぎゅうっとフィンを抱きしめてきたからだ。

「う？」

「あぁー……！」

細く長い「あ」を発しながら、テイラーがさらにぎゅうぎゅうとフィンを抱きしめる。背が反って足が浮いて、今にも床から離れそうだ。

「すみません、俺、すっごい焼きもち焼いちゃって。めちゃくちゃ態度悪かったですよね」

「や、焼きもち？」

抱きしめられて海老《えび》反りに反ったまま、フィンはテイラーの言葉に首を傾げる。

「そりゃ妬《や》くでしょ、妬きますよあんなの。だってあの人わかってて言ってたでしょ」

わざわざ同棲なんて言葉出して、とぶつぶつ言いながら、テイラーはフィンを撫で回す。大きな手でわしわしと頭を撫で、肩を撫で、背中を撫でて。まるで、大事な大事な宝物の無事をたしかめるような手付きで。

「なんで……テイラーくんが、焼きもち？」

話の流れが読めず……というより、テイラーの心情が理解できず、フィンはテイラーのシャツの裾を引っ張る。

「そりゃあ、恋人が元恋人に会ってたら妬きますよ」

「恋、人？」

それはロディを追い払うための方便では、と笑いそうになって、テイラーが微塵も笑っていないことに気付く。じっと拗ねたように自分を見下ろす青い目を、これまたじっと見返して、フィンは「ちょっと、待ってくれ」と短く声を漏らす。

「僕とテイラーくんって、付き合ってるのか？」

「はは、何を冗談………、……え？」

フィンの発言をテイラーが笑う。笑って、その途中で言葉を途切らせた。もう一度「え？」と繰り返す。

「フィンさん？」

「テイラーくん？」

お互い「冗談、かな」という感情が透けて見える声で名前を呼び合い、揃って首を傾げる。

「ちょ、っと待って、いや、待って。え？」

テイラーが、自身からフィンを離す。距離を取って、腕だけ摑まれたまま。

「何回も……、好きって言いましたよね。フィンさんも、俺が好きって」

それは聞いた。何度も、何度も聞いたし何度も言った。「フィンさん、好きですよ」と。フィンもテイラーに「好き」だと答えた。それはもちろん、熱い友情の証《あかし》に。

「え、いつから？　僕たちはいつから付き合ってるんだ？」

付き合っている自覚もなかったのに「いつから」と問いかけるのもおかしな話だが、フィンは大真面目に聞いてみる。と、同じく「理解できない」という顔をしたテイラーが、フィンをがくがくと揺さぶった。

「夏の、あの海に行った日ですよ！　夕陽が沈む海を眺めながら『好きです』って言ったらフィンさんも『僕も好き』って言ったじゃないですか！」

「いや、言って……」

ない、と言いかけて、ふわふわとその日のことを思い出す。

あれは、夏の暑い日のことだ。フィンとテイラーは二人で海に行った。テイラーの運転する車に乗って、のりのりだった。

浅瀬で、スキムボードを使って遊んで、遊泳範囲内ギリギリまで全力で泳いで、海辺で焼きそばなんて食べて、一日中遊び倒して。夕陽が沈む海を眺めながら、二人で話して。

『テイラーくんは、僕とばかり遊んでいていいのか？　他にも友達とか……』

『いや。俺、フィンさんとこうやって遊ぶのが一番楽しいので』

『そうか。それは嬉しいな』

他の友達より、自分と遊ぶのが楽しいと言われて、浮かれたのを覚えている。そして……。

『フィンさんといるのが、いや、俺……、俺は、フィンさん自身が好きなんです』

と、テイラーが言った。間違いなく言った。とても嬉しかったのでよく覚えている。何もかも夕陽に赤く染まっていたので気が付かなかったが、もしかするとテイラーは顔を赤くしていたかもしれない。

そしてフィンは『うん、僕も好きだ』とあっさり返した。そう、好きだと返したのだ。何故なら、テイラーの「好き」を友情の「好き」と勘違いしていたからだ。直前に友人と遊ぶのが……という話をしていたので、てっきりその話の延長かと思っていた。

(そういえば、テイラーくんがやたら『好き』って言うようになったのも、スキンシップが増えたのも、あの頃から……だな)

「言って、た。言ってた……うん」

今さら誤魔化すこともできず、フィンは観念して頷く。

何かを察したらしいテイラーが、フィンから腕を離し、よろ……、と一、二歩下がる。

「付き合ってるからこうやって一緒に家で過ごしてるんじゃないですか？　待って……。フィンさん、付き合ってない人と風呂に入って、髪を洗わせて、裸の体拭かせるんですかっ？」

「え？」

「付き合ってないっていうのも嫌ですけど、いや、嫌とかそういうのじゃなくて……、いやでもそれも嫌だ。フィンさんの裸を誰かが見るの嫌です、嫌だ」

気になるのはそこなのか、と思いつつも「いや」と咄嗟に首を振る。テイラー以外の友人（そもそもそんなにいないのだが）に、風呂の手伝いなど絶対に頼まない。

「あんなことを頼むのは、テイラーくんだけだ」

勢い込んでそう答えた後に、念のため「多分」と付け加えてしまう。

「でも、それはすべて、友達と思っていたというか……そういうふうにしか見られていないと思っていて」

「やっぱり……」

「いやでも違うんだ。違う。待って、待ってくれ」

自分でも、なにをどう待つのかわからないまま、待って待ってと繰り返す。

つまり、だ。テイラーの中では彼とフィンは付き合っており、恋人だったということだ。恋人だからこそ、冬眠の手伝いをしたいと言い、風呂の手伝いをし、甲斐甲斐しく世話を焼いてくれて、「好き」とことあるごとに口にしていた……。

（なるほど、これはたしかに……）

行動を列挙してみれば、たしかに「付き合っている」といってもおかしくない関係だ。フィンは額に手を当て、自身の言動を振り返る。

「付き合っている、といってもおかしくないな」

「付き合っている……と、思ってました。俺は」

明らかに顔色を悪くしたテイラーが、ふらふらとダイニングテーブルの椅子に腰掛けた。そして「あぁ」と呻きながら突っ伏そう……として肉にぶつかり、また「あぁ、もう、肉っ」と肉に文句を言いかけて、結局、優しくそっと脇に避《よ》ける。

「テイラーくん」

「すみません。ちょっと……色々と想定外というか、いや、そもそも想定っていうのもおかしいな、いや、うん、……うん」

さっきから、薄いまだら模様の入った耳を伏せっぱなしである。しょぼしょぼと垂れて、瀕死《ひんし》の様子で持ち上がりかけて、やはり垂れる。尻尾に至っては床に引きずられてぴくりとも動かない。

「テイラーくん。悪い、僕は……」

いつもは元気に飛び跳ねている尻尾の、あまりの落胆ぶりに、フィンの胸が痛む。

「もしかして、……気付きました？」

「え？」

気付いた、とはなんのことだろうかと首を捻る。

「俺が、あの時の情けないやつだって。それで、嫌になったとか……」

「あの時……情けない？」

「あの時」がどの時を指しているのかわからないし、「情けない」はテイラーと結びつかなすぎる。

きょと、と首を傾げると、テイラーが俯けていた顔をゆるゆると起こした。

「違うのか」

ぽつ、とこぼして、それからまたしょんぼりと肩を落とす。

「テイラーくん？」

話の流れが摑めず、フィンは「えっと」と問おうとする……ものの、何を聞いていいのかわからず、
結局黙って拳を握りしめた。

しばらくの沈黙の後、テイラーが項垂《うなだ》れたまま口を開いた。

「実は俺、フィンさんに嘘を吐いてまして」

「嘘？」

「はい。俺……」

「嘘」という単語に、少しひやりとしてしまう。テイラーがフィンに嘘を吐く。その理由も内容も、
フィンにはまったく思い当たらなかった。胸が、嫌な感じに脈打つ。

フィンは胸の前で手を握って、テイラーの言葉の続きを待った。

「本当はもうずっと前……、エドワーズさんのお店で会うよりも前に、フィンさんに会ってたんです」

思いがけない言葉に「は？」と声が出る。

フィンとテイラーの出会いは、今年の春。あの、リックの店の裏でのこと……だと、フィンは認識していた。

「僕と……テイラーくんが？」

確かめるように問うと、テイラーが「はい」と頷く。

「まだ、学生の時でした。十八だったかな。……俺、落とし物して警察に行ったんです」

「警察……」

遠い目をしたテイラーが、ぽつぽつと呟くように言葉を紡ぐ。十八といえば、四年前だ。一応フィンももう警察事務として勤めていた。

「落としたのは、お守りでした。もうすぐ消防官の採用試験って頃で、姪《めい》っ子と甥《おい》っ子が手作りで作ってくれたんです。中には写真も入ってて……」

テイラーの甥っ子と姪っ子、話に上がったことはないが、口ぶりからするとまだ幼いのだろう。

「甥っ子」「姪っ子」と口にした時、テイラーの目がわずかに緩んでいた。

「俺、その頃試験のこととかで、ナーバスになってたっていうか、なんかしょんぼりしてて。警察署の窓口で……ちょっと泣いちゃったんですよね『試験のための大事なお守りなんです』『甥っ子達が一生懸命作ってくれたんです』って」

テイラーが泣いている姿など想像もできない。が、テイラーだって人間なので泣くことはあるだろう。大型獣人でも、何獣人でも、皆ひとしく悲しみを感じるのだから。

「そしたら、受付の小さいヤマネ獣人の警察官が、ぶっきらぼうに言うんですよ『大事なものなんですね』って『わかります』って」

小さなヤマネ獣人、と聞いて、フィンはしぱしぱと目を瞬かせる。もしかして、と思ってテイラーを窺うと、テイラーは目線だけで頷いてみせた。しかし口調はそのままに、話を続ける。

「頑張《がんば》って探しますね、見つけたら連絡しますね、って何度も何度も言って、肩を叩いて慰めてくれて」

その時のことを思い出しているのか、テイラーが「ふっ」と笑う。

そこまでくると、それが誰のことを話しているのかわかり、フィンは恥ずかしさで肩をすくめる。そんなことを言った記憶が、まったくなかったからだ。

「最後に『お守りが手元になくても、甥っ子くん達の応援する気持ちはあなたの心の中にしっかり届いてると思いますよ。試験頑張ってください』って言ってくれて。俺、それで……『頑張ります！絶対合格します！』って言ったんですよ」

大きな声で宣言する学生のテイラーを想像してしまって……フィンも「ふっ」と笑ってしまった。

「結局、お守りは受験後に見つかったって連絡貰って。俺は意気揚々と受け取りに行きました。受験の……合格しましたって報告も、あの人にしようと思って」

「うん」

「でも、ちょうど冬に入る頃で、その人は冬眠休暇を取られてて……会えませんでした」

フィンはもう一度、「うん」と頷く。

「春になったら……って思ってたんですけど、俺も忙しくなっちゃって、中々お礼も言えないままになって」

「そうか」

それは仕方のないことだ。就職して、忙しくなって、些細《ささい》な思い出はいつの間にか消えていく。普通はもう、思い出すこともないだろう。

「それで……、ようやく行けた時には、その人は異動になったって言われて、もう会えなくて。俺、めちゃくちゃ後悔して」

悔やむように拳を握るテイラーは力なく微笑んで、そして小さな希望を見つけたように顔を上げた。

「……でも、春のあの日、また会えたんです。本当に、偶然に」

テイラーが、耳と尻尾を震わせる。す、と息を吸ってから、その時の気持ちを思い出すかのように

「信じられなかった」と首を振った。

「最初店の中で見かけた時に『あっ』って思ったんです。あぁ、あの人に似てるな、って。で、エドワーズさんを助けているところを見て、やっぱりそうだって確信して、そして……、なんかもう、『あ、俺、この人のこと好きだ』ってなって」

「……ん？」

予想外の言葉に、思わず首を傾げてしまう。今のは感動の再会の場面じゃなかったのだろうか。その時からすでに好意があったのだとさらりと告げられて、フィンだけ妙にどぎまぎしてしまう。テイラーの方は、至極真面目な顔をして話を続けていた。

「どうにか連絡先とか交換したくて、繋ぎ止めたくて、『友達になって欲しい』って言いました。フィンさん、俺のこと覚えていないようだったし」

「へ？　あ、そうか……」

「それからは……、もう、ご存知の通りです」

最後に、ごにょごにょとそう言って頭をかくと、テイラーは「うぁー……」と呻き声を上げた。

「すみません。怖いですよね、ストーカーみたいで。本当に、あぁもう、すみません」

「いや、僕の方こそ……。覚えてなくて、悪かった」

はっきり言って、落とし物の相談など一日で山ほどある。すべての内容を覚えておくなんて無理な話だ。一応、一人一人にはきちんと対応しようと思っているが、それがテイラーの助けになったのであれば、とても嬉しい。

「いえいえ！　こちらこそ、あの時はありがとうございました」

テイラーが慌てたように頭を下げる。

「そして、今まで言い出さなくてすみませんでした。もし、あの時の情けないやつが俺だって知られたら……って思って。今の俺だけ知っててもらおうなんて、ずるいことを考えました」

「そう、だったのか」

ここで先程テイラーが言っていた「情けない」に繋がるらしい。フィンは納得した上で、しっかりと首を振った。

「話してくれて、ありがとう。その時の僕の言葉が、テイラーくんの支えになったなんて……とても嬉しいことだ」

「フィンさん……」

ほわ、とした空気が流れる。と、テイラーがいやいやと首を振った。

「すみません。これは、俺がフィンさんを前から知ってましたってだけの話で、今回の付き合う付き合わないの問題とは、まったく別ですね」

ははは、と乾いた笑いをこぼして眉根を下げると、テイラーは気まずそうに首の後ろを撫でる。

「テイラーくん。ごめん、そのことだけど僕は……」

「いいんです、いや、いいんですなんて偉そうな言い方してごめんなさい。いいというかなんというか、その……ちょっと、気持ちの整理をさせてください」

謝るフィンに、慌てたテイラーが机に手を置き立ち上がり……かけて、肉の塊にそれを阻まれる。

「あぁもうっ、肉っ」と再び喚いたテイラーは肉をむんずと掴むと、キッチンの方へとのしのし歩いていった。

「待って、テイラーくん」

「いや、肉を……」

「僕はっ！　テイラーくんと付き合えるならっ、とても……その……嬉しい」

最初は勢いよく声を張って、徐々に恥ずかしくなって、やがてごにょごにょと小声になる。最後に至っては囁《ささや》くような声だったが、「嬉しい」の「い」を言い終えるか終えないかのうちに、キッチンの方からガタガタガッシャンという音が聞こえて。次いで、本物の豹のような素早さで、テイラーがリビングに戻ってきた。

「えっ！」

結局しまい損ねたのであろう肉を手に持ったまま、テイラーはフィンの目の前に立つ。

「う、嬉しい？　嬉しいんですか？」

「あぁ、嬉しい。だって僕は、テイラーくんが好きだから」

素直な気持ちを伝えると、一瞬「ふわ」と目を潤ませたテイラーが、ぶんぶんと首を振って、真面目な顔をした。

「いやでも、それは……友達としてじゃないんですか？」

そう言われて、今度はフィンが首を振る。

「僕は……」

何を言おうかと顔を俯けて、テイラーの手にぶら下がった肉が目に入る。その肉を、テイラーは仕事帰りに買ってきたのだろう。この大きさなら普通のスーパーには売っていない。きっと市場まで足を伸ばしたに違いない。

テイラーはよく、フィンを焼肉店に連れていった。まぁ、それもあって「友達」枠なのだとフィンもずっと思っていたのだが。とにかく、肉を焼くと、テイラーは必ず一番美味しいところを初めにフィンに譲る。

『はい、これはフィンさんの』

にこにこと嬉しそうに笑うテイラーのその優しさは、ただの仲の良い友人に向けられるものだと思っていた。自分だけではない。みんなに向けられるものだと。

しかし、あれがもし恋人であるフィンだけに向けてくれる優しさだとしたら……。

「僕はずっと、君の特別になりたかった。……というより、もうなってたんだな。うん」

「っ。そうですよ」

「それは、本当に嬉しい。過去の自分が……羨ましいくらいに」

喉がつっかえたかのように言葉を詰まらせたテイラーが、眉根を寄せて頷く。

「大好きなんだ。嘘じゃない。勘違いでもない」

「フィンさん」

「僕は、ちゃんと君に恋してる」

瞬間、テイラーの尻尾の毛が、根本からぶわわわっと逆立っていった。頬から首筋から、赤みがじわじわと広がって、へしょりと垂れていた耳が、ぴんっ、と勢いよく立つ。

それを微笑ましい気持ちで眺めながら、おそらく、自分の耳や尻尾もまた同じように膨らんでいるのだろうと思う。

「フィンさ……」

がばっと開いた腕の中に抱きしめられた。先程、部屋に入ってきた時のそれとは違う、柔らかく、包み込むような抱擁だった。

「……でも、本当に僕でいいのか？」

背中に当たるひんやりとした肉の感触を内心笑いながら、少し小声で問いかける。

テイラーはもう付き合っているつもりだと言っていたが、そもそも、恋人として好かれる要素が見当たらない。

「フィンさん、が、いいんです」

耳元でやんわりと断言されて、フィンは「ふ」と吐息を漏らしてしまう。「フィンでいい」のではない。「フィンがいい」のだときっぱりと言い切ってくれる、その潔い若さが好きだと思った。

と、同時に、気力も何もかも、まるで床に吸い取られるように消えていって、膝から力が抜ける。

「フィンさん？」

「悪い……、安心したら、眠気が」

立っていられないくらいに体がくたくたになって、フィンはテイラーに身を預ける。体を前に傾がせると、テイラーがどっしりと受け止めてくれた。

「また、……起きた、ら……」

勢いばかり先行して、とりあえず気持ちは伝えた。しかし、色々と確認したいことは山積みだ。しかしのしかし、いかんせん……。

（眠い）

「フィンさん？　フィンさ……」

テイラーの声が遠くなっていく。背中に冷たい肉の感触を感じたまま、フィンはこくりと眠りに落ちた。

十二

兎《うさぎ》が跳ねている。紙吹雪舞う舞台の上、列になってラインダンスを踊りながら跳ねている。シルクハットを被ったり回したり「ヘイ！　ヘイ！」と陽気に歌って踊っている。

「わぁ」と拍手しながら眺めていると、舞台袖から、熊とリスが自転車に乗って出てきた。熊が自転車を漕《こ》ぎ、リスはその頭に乗って小さな手を振っている。

「へぇ、可愛いな」

熊は巨体に見合わない、鮮やかでアクロバティックな技をいくつも披露して、リスと共に去っていった。

パッ、と会場の電気が消えて、丸いスポットライトがぐるぐると回る。ダラララララ……というドラムロールの後、「ジャンッ」という締めくくりの音と共、光が戻ってきた。

「お待たせしました！　本日のメインイベント！　ヤマネの空中ブランコでーす」

陽気な声と共に、パッとライトが全身に当たる。

「はっ？」

眩しさに眩《くら》んだ目をしぱしぱと瞬いて……気が付いたら、フィンは舞台の上にいた。上も上、舞台の端に組まれた櫓《やぐら》のてっぺんだ。

「さぁさぁお早く」

「えっ、ちょっ」

戸惑っているうちに空中ブランコの持ち手を掴まされる。遥《はる》か下に安全ネットは見えるが、体にはベルトも何もつけられていない。正真正銘身ひとつだ。

「ほら行って！」

とんっ、と背中を押されて、フィンは空中に飛び出す。

ゆら〜ん、ゆらら〜ん、と行ったり来たり、揺れて、揺れて、「ぎゃあ〜〜！」という悲鳴もあっちに行き、こっちに行きする。

「たすけっ、たすっ」

半泣きになりながら、足を動かす。ヤマネの足は短くて、まさに「ジタバタ」という感じだ。なんとかブランコの持ち手に足をかけ、両手足でしがみつく。

「フィンさん！」

と、耳に馴染んだ声が聞こえた。ゆらゆらと揺れるブランコの端、フィンが立っていた場所と対極に位置する木の棒の上に、大きな雪豹がいた。

「ぎゃっ！　なにっ、誰だっ」

「こっち、飛んでください」

「む、無理だぁ！」

持ち手にしがみついたまま、ふるふるふるふると首を振る。揺れるたびにびゅうびゅうと吹く風が、フィンの毛をなぶった。

「む、無理だっ、無理、あっあっ」

足が滑りかけて、落ちかけて。慌てて足に力を入れる。が、小枝のような足では、そう長く掴まっていられない。

「俺が、受け止めますからっ」

雪豹が、天に向かって吠《ほ》える。

「絶対受け止めますから！」

信じて、と叫ぶその顔。そのまだら模様、色素の薄い青い瞳。鋭い牙は恐ろしいが、その表情は優しく穏やかで。

「テイラーくん！」

小さな手をブランコの持ち手から離す。びゅうびゅうと吹く風に煽られ、ぱたぱたと靡《なび》きながら、それでも、フィンは手を伸ばした。そして……。

「やーっ！」

両手を広げる雪豹に向かって、その身を投げ出した。

＊

「……ぅわ――っ！」

「わっ、フィンさん？」

ぎゅううっとばかりに目の前の体に抱きつく。と、ぱしっと手首を摑まれた。

「はっ、はっ……はぁ……テイラーくん？」

荒い息を整え、自分が抱きしめている相手を確認した。

「やっぱり、テイラーくんだ……」

ほー……と安堵の吐息が漏れる。どうやら、空中ブランコは無事に成功したらしい。安心して、テイラーの厚い胸に頰を擦り寄せる。耳の生えた頭から頰にかけて、何度かすりすりと往復させてから、フィンははたと気が付いた。

「あれ、テイラーくん？」

「はい」

テイラーは手を持ち上げ万歳の体勢で固まっている。フィンは、むく、と体を起こし、あたりを見渡す。

「あれ？」

そこは、フィンの部屋だった。当たり前だが観客はおらず、舞台もない。シルクハットを被った兎も、自転車に乗った熊もリスも、「おいで」と腕を広げる雪豹も。みんなみんないないない。いるのは「あの？」と首を傾げるテイラーだけだ。

「大丈夫ですか？」

「あぁ、うん。でも空中ブランコが……」

「空中ブランコ？」

頭の上に疑問符を浮かべたテイラーが、はて、という顔をしている。

「いや、夢で……、夢が、まぁ、うん。夢を見たんだ」

誤魔化すように咳払いをして、はぁー……と溜め息を吐きながらその場に突っ伏す。

「フィンさん？」

「もしかして、冬眠中何度か、こうやって寝てた？」

「えっ」

テイラーが半身を起こし、首の後ろに手をやって、観念したように「すみません」と頭を下げた。

「寝てました。眠るフィンさんの顔を見るつもりで、いつの間にか一緒になって寝てました」

潔く、深々と頭を下げるテイラーは、どこまでも真っ直ぐで正直な男である。フィンはそんなテイラーの頰に手を当て、ぐ、と持ち上げるように促した。

「あ、いや、怒ってるわけじゃない。冬眠中、妙にテイラーくんの夢ばっかり見て……」

そこで言葉を途切らせて、その胸元に鼻先を近付ける。くん、と匂いを嗅ぐと、それだけで心が落ち着いた。

「テイラーくんの匂いが、すぐそばにあったからだったんだな」

怒っていないと伝えるために、テイラーの頰に当てていた手を、自分の頰に移動させる。むに、と持ち上げると、意外と自然に口角が持ち上がった。

「テイラーくんの出てくる夢は、いつも楽しいから、いいんだ」

テイラーは付き合っていると思っていたのだし、恋人のベッドに入るのは、そう不自然なことではない。

「あー……、その顔は、ほんと、……あの、フィンさん」

テイラーが大きい体をのっそりと動かして、ベッドの上に座る。姿勢を正すものだから、まるで小さな山のようだ。

「はい」

思わずフィンものたのたと姿勢を正す。向かい合って座ると、わずかに膝と膝が触れた。

「俺、気持ちばっかり先走って、ちゃんと大事なことも伝えてなくて……すみませんでした」

「大事なこと？」

テイラーのまだら尻尾が、てし、てし、と焦《じ》れるようにシーツを叩いている。焦れているというか、どことなく恥ずかしそうだ。

「フィンさん」

視線を、尻尾からテイラーの顔に移す。と、わずかに潤んだ青い瞳と目が合った。熱を孕《はら》んだその目は、じっ、とフィンを見ている。

と、体の脇に垂らしていた右手を取られて、ぎゅっと両手で包み込まれた。

「好きです、大好きです。本当は出会った時から……たぶん、一目惚《ぼ》れでした。ずっと好きでした」

「……テイラーくん」

「俺と、付き合ってください。恋人に、なってください」

そこまでひと息に言い切って、テイラーが「はー」と深く息を吐いた。握られた手は熱くて、今にもそこから燃え出してしまいそうだ。

フィンは、年上として、何か上手いことを言おうと考えて……やめた。テイラーは以前、どんなフィンでも丸ごと好きだ、と伝えてくれた。その気持ちを信じたい。

「こうやって、改めてちゃんと仕切り直してくれる誠実さや、そういう、テイラーくんの真っ直ぐなところが好きだ」

なにも取り繕わず、気負わず、自分の気持ちを素直に伝える。

自身の右手を掴むテイラーの両手を、包むように左手をのせて、熱くて大きなその手を、すりすりと撫でた。

「こちらこそ、恋人になってください。よろしくお願いします」

いつも頬を持ち上げる感覚を思い出して、精一杯口端を上向ける。「笑って」「もっと明るい顔をして」と強制されたわけではない。自分で、笑いたいと思った。テイラーを安心させる笑顔を見せたいと。

「フィンさん、……笑ってる」

どうやら、辛うじて笑顔を作れたらしい。呆然とした顔のテイラーがそう呟いて、眉尻を下げた。

「笑ってるフィンさん……っ、めちゃくちゃ可愛い」

最後は絞り出すような声で「可愛い」と連呼したテイラーは、手を繋いだままがくりと項垂れた。

「いやー……」

「なに？」

「すごく、幸せです」

今にも泣き出しそうな顔をしてそんなことを言うものだから、フィンはまた笑いそうになってしまった。

「テイラーくんも、可愛いじゃないか」

く、く、と鼻を鳴らすと、テイラーがむず痒そうな顔をして溜め息を吐いた。

「フィンさん……すごい、笑ってくれる」

「あぁ。多分、すごく嬉しいから」

自分でも不思議だが、違和感なく笑えている気がする。まぁ、少し口端が震えているし、頬は痛いが。

フィンの言葉を聞いたテイラーが、きゅ、と眉根を寄せる。

「あぁもう、最初からちゃんと『付き合ってください』って言っておけばよかったのに……すみません」

「いや、僕こそ。なんだか色々考えてしまって」

そういえば、テイラーが火事で出動要請を受ける直前、そういう意味で好きなのだと伝えようとしていたのだった、と、思い出す。ロディの訪問からのこの騒動ですっかり頭から抜け落ちていた。

ある意味落ち着くところに落ち着いて、結果オーライといえる展開になってしまった。良かったのか悪かったのか、と思いながらまた「ふ、ふ」と笑ってしまう。

お互いに安堵して微笑み合った、その時。フィンの腹が「くぅー」と音を立てた。そういえば、テイラーと風呂に入る前に木の実を食べて以降、何も口にしていない。

「お腹空きましたよね。あ、あの肉でローストビーフ作ったんですけど、食べてみます？」

「うん。食べてみたい」

「ゆで卵も作ってますよ」

「ありがたい」

テイラーは意外にも料理上手で、ある程度のものならさっさと作れてしまう。その上どれも美味しいから驚きだ。

テイラーに手を取られてベッドを下りたところで、フィンはふと疑問に思っていたことを口にしてみた。

「テイラーくん」

「ん、はいはい。なんでしょうか」

少しよろけてしまったフィンを支えてから、テイラーがフィンの方へ頭を傾けてくれる。こうやって「話を聞いているよ」と自然な仕草で示してくれるところも、好きだ。

フィンはふわふわと温かい気持ちで、テイラーに問うた。

「これは純粋な好奇心なんだが。付き合ってるのにキスとかしなかったのは、なんで……、っと、お！」

最後まで言い終える前に、体が傾ぐ。手を引くテイラーが、前のめりにつんのめったからだ。

「あ、え？」

その明らかな動揺ぶりに、フィンの方もつられて動揺してしまう。何か、まずいことを聞いてしまっただろうか、と。

変なステップを踏むようにして体勢を整えたテイラーが、フィンと繋いでいない方の手で、顔の半分を覆っている。

「どうした？」

テイラーの方が、付き合っているという認識だったのであれば、何かしらそういう行為があってもおかしくなかったのでは……と思って聞いたのだが、何か不都合があっただろうか。

（もしや……）

もしかすると男と付き合うのが初めてで、身体的な接触は避けていた……なんてこともあるのでは、と思い至り、フィンは自分の軽率な発言を悔いて唇を噛む。

付き合っているからキスをしたり体を繋げる行為が当たり前、と思ってはいけない。フィンは申し訳なさと不安の入り混じった気持ちでテイラーを見上げた。

「テイラーくん」

「いや、俺…………で」

「ん？」

上手く聞こえずに聞き返す、と、思い切ったように足を止めたテイラーが、フィンの前に立った。

「誰かと、付き合うのとか、初めてで」

「え？」

思いがけない告白に、フィンはぽかんと口を開く。君は一体全体何を言っているんだ、という気持ちが胸を横切り、こくりと喉が鳴る。

「キスもしたことなくて」

「き……っ」

「キスも？」と声を上げかけて、どうにか押さえる。どこからどう見てもイケメンの、男女問わず引く手数多だろう大型獣人……しかもとても珍しい雪豹獣人のテイラーが、キスもしたことがないという。驚かずにいられるだろうか。

「フィンさんが寝てる間に手を繋いだり、ほっぺたにキスするくらいが、……精一杯でした」

はにかむように笑うその笑顔を見て、フィンの意識が遠のく。冬眠のせいだけじゃない、あまりにも、あまりにもテイラーの純粋さが眩しかったからだ。

十三

テイラーは北国の出身なのだという。雪豹獣人だしさもありなん、といったところではある。

「田舎の、とてもとても小さな町でした」

一年の三分の一は雪で覆われていて、半分以上を長袖で過ごすような、そんな町だった。と、テイラーは語った。

町に同い年の子は一人もおらず、学校は全学年合わせて十人程度。皆が皆友達で、誰かに恋をする環境でもなかったのだという。それよりも、体を動かす方が楽しかったと。

「そのうちテイラー少年は消防官を志し、それに向かって全力になり、恋をする機会を逃してしまいました」

物語調に語られて、フィンはくすりと笑う。笑うというより微笑む程度ではあったが。テイラーはそんなフィンの頭をよしよしと撫でる。

ベッドの上。クッションを背もたれにくつろぐテイラーの腹の上に頭をのせ、フィンは「恋人」の話を聞いていた。時折あくびが漏れると、テイラーが尻尾で頬を撫でてくれる。「いつでも寝ていいですからね」と言いながら。

「それで……、ふぁ、高校からこっちに？」

「はい、寮に入ってました。部活づくめの日々で、そこでも恋愛するって感じはなくって」

「へぇ」

フィンは相槌《あいづち》を打ちながら、学生時代のテイラーを思い浮かべる。きっと今と変わらず、爽やかな青年だったのだろう。

「部活は何をしてたの？」

「ラグビーです」

「あぁ、なんだかわかるな」

「わかる？」

テイラーが、ふふ、と笑う。髪の毛を撫でていた手が、するりと耳をくすぐり、フィンは肩をすくめた。

「高校出てからはそのまま消防官で……仕事と筋トレしかしてませんでした」

「モテた？」

「……そうですね。正直、男女問わず声はかけられました」

少し悩む素振りを見せてから、テイラーが頷く。

それはさぞモテただろう、とフィンは内心頷く。こんなに格好良くて、優しくて、それでいて部活や仕事に一生懸命の熱いところがあって。

もし同級生だったら、とほわほわ想像して、やめる。きっと「住む世界が違う」とテイラーを視界に入れることすらしなかっただろう。「テイラー・クラーク」という人物を、その中身を、知ろうともせずに。

自分にはそういうひねくれたところがある、とフィンはちゃんとわかっていた。

「でも、俺自身はそんなに恋愛に興味もなくて」

静かな部屋だから、テイラーのわずかな息遣いも聞いて取れる。フィンは足先を擦り合わせてから、ふむ、と考え込む。

「そんなテイラーくんが、なんで僕を好きになったんだろうな」

心底不思議でたまらず、フィンは首を捻る。小型獣人が好みということであれば、フィンよりも可愛い子はいくらでもいただろうに。何故よりによって愛想なしの自分なのか、と。

「理由は色々ありますよ。前にも言いましたけど、自分より大きな獣人に向かう勇気とか、似てるなって思ったとか」

「ふむ」

間髪入れずに返してきたテイラーが、言葉を途切らせて、含み笑うように「でも」と続けた。

「一目惚れだから、理由は後付けかも」

楽しそうに笑うテイラーに、フィンも微笑む。

「フィンさんと一緒にいて初めて、人とずっと一緒にいたい気持ちとか、くっつきたい気持ちとか、独占欲みたいなのを知りました」

「そうなのか？」

そう言われると、むず痒いような恥ずかしいような、なんとも不思議な気持ちになる。

「冬眠中も離れたくなくて……わがまま言ってすみません」

「冬眠」という言葉に、フィンの瞳が揺れる。程よく薄暗い天井を眺めてから、ごろん、と体を横に向けた。

「嫌じゃないか？　僕が、冬眠してて」

「嫌？」

「つまらなくないかな、って。やっぱり寝てばっかりだし」

大人になってからの冬眠なんて、いいことはほとんどなかった。恋人には浮気され、「休めていいな」なんて見当違いに羨まれて。フィン自身は、冬眠になんて縛られずに生きていきたかったのに。

と、頭をのせている腹が、小刻みに震えた。見上げれば、テイラーがけたけたと笑っていた。

「そんなわけないでしょ」

はぁ、と笑いの残滓《ざんし》のような溜め息を吐いて、寝そべっていたテイラーが体を起こす。フィンの頭を優しく持ち上げて、座る自分の太ももの上に下ろした。

逆らわずそれに従ってから、フィンはテイラーの意図を探ろうとじっと見つめた。テイラーの方は何も気負った様子もなく、フィンの髪を撫でながら楽しそうに微笑んでいる。

「仕事から帰って、こう、フィンさんのいる部屋を覗くでしょ？　そしたらすやすや寝てるんですよ。知ってます？　フィンさん寝てる時たまに『くぴー……』って言ってるんですよ」

「くぴーは、知らなかったな」

恥ずかしくて、思わず鼻先を手で隠す。まさか寝言などは言っていないだろうな、と思ったが、聞いて墓穴を掘りたくないフィンは黙ってテイラーの話を聞いた。

「楽しいんですよね。フィンさんのために動物ドキュメンタリー録画したり、卵を茹でたり、掃除したり洗濯したり。全然嫌じゃない。フィンさんの小さなパジャマを干すと、なんかこう無性に『はー！　幸せ！』ってなるんですよね」

「僕は君の赤子じゃないぞ」

まるで子の成長を見守る親のようなことを言い出されて、唇をひん曲げる。と、テイラーは「もちろんわかってますよ」と笑った。

「なんていうか、幸せそうに寝てるフィンさんを見るだけで、こっちまで幸せな気持ちになるんです。

なんだろう……家に帰るとフィンさんがいるっていう安心感？　安心、んー……」

テイラーが考え込むように腕を組む。気持ちを表す適当な文言を探しているのだろう。しばし悩んだ後に「ほっこり？」と安心より一段と気の抜ける単語を捻り出した。

「ほっこり……、ほっこり？」

思わず、二度繰り返してしまった。

「フィンさん見てると胸の中が暖かくて、同時に、こう、抱きしめて撫で回して、ぎゅーってして、もしゃもしゃってしたくなるんですよね」

「もしゃもしゃ、か」

ほっこりに続き、ぎゅーにもしゃもしゃ。まるで子どものような物言いが面白い。発言者であるテイラーは真面目な顔をしているから、なおさらだ。

フィンの、呆れにも似た笑いに気付いたのだろう。テイラーが気恥ずかしそうに、頭をかく。しかし、撤回することはない。どころか「だって本当にそうなんですよ」なんて口を尖らせている。

大きな犬が、拗ねて耳を伏せているような。そんな顔が可愛くてたまらず、フィンは「うん」とだけ言って頷いた。テイラーがそう言うのならば、それはきっと本当なのだ。テイラーはきっと、フィンに嘘を吐いたりしない。

「恋愛もそうなんですけど、俺、たった一人をこんなに、好きだぁ、って思ったの……初めてなんです。結構平等に『みんな好き』って感じだったんです」

そう言って、テイラーはフィンの両腕を引っ張り、胸の中にしまうように抱きしめる。

「なんなんですかね、これ」

「……っ」

言葉に詰まったのは、力を込めて抱きしめられたから、だけではない。その言葉に、あまりにも真摯で真っ直ぐな言葉に、胸を突かれたからだ。困ったように、それでいて隠しきれない嬉しさが滲むようにそんなことを言われて、心が動かないわけがない。

（それはやっぱり『恋』じゃないか、なんて、調子に乗ったことを言っていいんだろうか）

今やっと、ようやく、フィンはテイラーの愛情を信じることができた。テイラーは、フィンのことが大好きなのだ。ちゃんと、恋愛的な意味合いで。

「僕も、好きだ」

言った後に、あまりにもテイラーの言葉と繋がっていないことに気が付いた。脈絡がなさすぎる。が、テイラーは何も言わずにフィンを抱きしめたので、それでよかったのだろう。

「キス……してもいいか？」

気付いたら、ぽろ、と言葉がこぼれていた。ぽろりと落ちてころころと転がったそれは、ちゃんとテイラーに届いたらしい。テイラーの脇から覗く彼の尻尾がぶわっと膨らんだのが見えたからだ。

むずむずと、不思議な気持ちになる。キスしたいなんて、自分から言ったのは初めてだ。欲も、気持ちも、表情も、フィンは自分の内側を晒《さら》すのが苦手だった。けれど……。

「う、……はい」

ぎくしゃくと体を離し、視線を彷徨わせ、最終的にぎゅっと目を瞑《つむ》ったテイラーのその顔を見ていると、むずむずが大きくなる。

『抱きしめて撫で回して、ぎゅーってして、もしゃもしゃってしたくなるんですよね』

つい先程聞いたばかりの、テイラーの言葉が頭の中に蘇る。

（あぁ、そうか）

がちがちに固まっているテイラーの、その頬を挟むように両手を添える。びくっとわずかに身をすくませた、その大きな体が愛《いと》おしい。染まった頬が、伏せった耳が、それでいて隠せない雄を匂わせるその青い瞳が、愛おしい。引き結ばれた唇を、親指でもにもに押すと、ほんの少しそこが開いて、鋭い犬歯が覗く。

フィンは首を傾けて、その形のいい唇に、自分のそれを重ねた。

（種族が違っても、大型でも、小型でも……）

テイラーの唇は、フィンと同じ柔らかさだった。

恋する気持ちもきっと同じなのだろう。逞しい雪豹獣人だって、ひょろひょろと小さなヤマネ獣人だって、恋する気持ちは変わらない。同じくらい、柔らかくて甘い。

ふに、ふに、と触れるだけの口付けを何度か繰り返すうちに、テイラーの大きな手が、フィンの肩をがしっと掴んだ。触れるだけよりほんの少し強く押し付けられて「ん、む」と声が出る。テイラーが、フィンに覆いかぶさるように前のめりになってくる。向かい合っていた顔が、どんどん上向いて、最後には見上げるような形になっていた。

「ん、ん、テイラー、く」

唇が痛くなるほど擦り付けられて、たまらず口を開く。そして、テイラーのわずかに開いた唇の隙間に、ちろ、と舌を差し込んでみた。

「わっ」

途端、弾かれたようにテイラーが身を起こす。その顔は、もう真っ赤だ。いきなりやりすぎたか、と「あ、ごめん」と謝る。が、「うう」と獣じみた唸り声を上げたテイラーは、それこそ本物の獣のようにフィンにのしかかってきた。

「ぅ、あ」

今度は、フィンが驚く番だった。フィンを押し倒したテイラーは、再び口を合わせてくる。フィンが舌をちろりと出すと、まるで誘われるようにそれに吸い付いてきた。まったく厚さの違う舌が緩く絡み合い、ちゅくちゅくといやらしい音を立てる。

テイラーのキスは、とても拙い。キスというより、唇や舌を貪っているような、そんな本能的なやり取り。

「ふ、ぅむ」

喘《あえ》ぎ声にも似た吐息が漏れると、それすら飲み込む勢いで、テイラーがフィンの口を吸う。大きな口で、ぱく、と食われるようにキスされて、舌と舌が触れ合って。

静かな部屋の中、ぐちぐちと濡れた音と荒い吐息だけが響いて。唇が溶けてなくなるのではないかというほど触れ合って、触れ合わせて。痺れたようにじんじんとする舌から、ようやくテイラーの唇が離れる。

「こ、んな……食べられるようなキス、初めてだ」

ふ、は、と息を吐きながらそういうと、テイラーが眉根を寄せる。

「テイ……」

「他のやつを思い出さないで」

どうしたのか、と問う前に、またも唇を吸われる。下唇をやわやわと噛まれ、分厚い舌で上顎をぞりぞりと抉《えぐ》るように撫でられ、口端をくすぐられて。

「俺だけ。俺だけ、見てくださ、い」

ちゅううと吸われた舌が、ちゅぽ、と音を立てて解放される。フィンはとろんとだらしなく舌を垂らしたまま、「ご、めんね」と息も絶え絶えに謝った。

そのまま、テイラーの後頭部に手を伸ばし、よしよしと撫でる。子どもにするような仕草に、初めは抵抗があったのだろうテイラーが気まずそうに身動いだが、そのうち大人しくなった。躾《しつ》けられた猛獣のように耳を伏せて、上下するフィンの手を受け入れている。

「眠くないですか？」

静かな声でそう問われて、フィンは正直に「少しだけ」と答える。下半身に、燻《くすぶ》るような熱をほのかに感じてはいるが、今すぐ発散させたいというほどではない。

（でも、テイラーくんは……）

そ、と膝を曲げると、脛《すね》に硬いものが当たる。

「わっ！」

「これ、大丈夫？」

それは、テイラーの陰茎だ。ゆったりとしたスラックス越しでも、そこががっつりと勃《た》ち上がっているのがわかった。

「え、だ、大丈夫です。大丈夫……今日は、大丈夫」

「今日、は？」

「……だぁっ！　なんかフィンさん、急になんか、めちゃくちゃえっちなんですけど」

覆いかぶさっていたテイラーが素早く身を起こし、フィンを抱き上げ枕の上に頭が来るように優しく下ろす。そして、その横にごろんと自身も身を横たえてきた。

「テイラーくん？」

「今日は、寝ますよ、寝ます。というか、ちゃんと冬眠終わるまで……少なくとも、春まではちゃんと我慢します」

言い聞かせるように言われ、ぽんぽんと腰のあたりを柔らかく叩かれて、フィンは笑いながら「うん」と素直に頷く。

「俺も、このまま寝ていいですか？」

ここで、と言われて、フィンは「いいよ」と躊躇いなく頷いた。ぺろぺろとフィンの口を舐めていた「雄」の姿は鳴りを潜め、優しく大人しい犬へと戻っている。くぅん、と鼻を鳴らすようにねだられて「否」と言えるわけがない。

自身の太い腕を枕にして、テイラーはフィンをじっと眺めてくる。その視線を感じながら、フィンはゆるりと目を閉じた。

「キスするのは、嫌じゃなかった？」

目を閉じたままそう問えば、隣のテイラーが「げほっ」と咳き込む。

「嫌、なわけないでしょ。こんなになってるんですよ」

こんなに、というのはおそらく股間のことを言っているのだろう。その明け透けで正直な反応が面白くて、同時にホッとして、フィンは細く息を吐く。

「良かった」

嫌悪感があったらどうしようか、と少し不安だったので、あっさりと否定されて嬉しい。フィンはそのまままとろとろと意識を溶かしていく。

温《ぬる》い海の、その波間を揺蕩《たゆた》うような微睡の中、頰に、額に、熱を感じる。きっとテイラーが口付けているのだろう。フィンが眠っていても律儀に唇には触れないところが、テイラーらしい。

眠りを妨げない程度の優しいキスが、微睡を誘う。

「好きです」

意識がなくなる直前に聞こえた声はきっと聞き間違いではない。幸せな気持ちで鼻を鳴らす。と、たしかに「くぴ」と鳴ったような気がして、フィンは微笑んだ。

十四

「冬眠中は抱きません」の宣言通り、テイラーがフィンをそういう意味で抱くことはなかった。しかし、自身の恋愛経験のなさを告白したからか、行動はかなりゆとりのあるものになっていた。

いや、ゆとりといえばいいのか、余裕といえばいいのか。むしろ遠慮がなくなった、という方が正しいかもしれない。

まず、よく抱きついてくるようになった。これまでもくっついてくることはあったが、それは意識がない時だ。今はフィンが起きている時も寝ている時も、遠慮なくその腕の中に抱きしめる。そのせいかどうか、最近はもうひっきりなしにテイラーや雪豹の夢を見るようになってしまった。

「雪豹の毛にくるまって、雪山を滑る夢を見た」

と言ってみたところ、「楽しそうですね」と朗らかに笑われてしまった。実際は二人が雪遊びに興じることはない。雪降る冬の間、フィンはずっと眠っているからだ。

それでもテイラーは雪で遊ぶ話を、楽しそうに聞いてくれた。

「フィンさんはスポーツが得意だからきっとスキーも上手いですよ」

「雪に埋もれるかもしれない」

「俺が救出しますよ」

「かまくらも作ってみたいな」

「お任せください。得意です」

ベッドにうつ伏せ、枕を顎の下に敷いて、二人で内緒話をするようにくすくすと笑いながら話した。

まるで本当に実現する計画のように。

「フィンさん、旅行に行ってみるっていうのはどうですか？」

「ん？」

今日もまた、夢の話をしていると、テイラーがいいことを思いついたというように提案してきた。

「春になって冬眠が明けてからでも、北の方はまだ雪が残ってますよ？」

「あぁ、なるほどな」

つまり、冬眠が明けてフィンの体が元気になったら、雪の残っている地方へ行って雪遊びをしようと。そういうことらしい。

「考えたこともなかった」

ようやく春が来て暖かくなったというのに、わざわざ寒い地域へ行くという発想がなかった。フィンのような冬眠のある種族にとって「寒い」は「寝る」とイコールで繋がっている。

「あぁでもどうですかね。寒いのが苦手なことには変わりないんですよね」

「まぁ身体能力は多少落ちるかもしれないけど」

寒くなると体の動きが鈍くなるのは、体質的にしょうがない。だが、旅行程度で冬眠状態に陥るとは考えづらい。

「ちゃんと調べてから、行けそうだったら」

こくりと頷いてみると、テイラーがパッと顔を明るくさせた。ぺかぺかの笑顔のその理由が、自分と旅行に行けるということだからなのだとわかって、フィンもまた嬉しくなる。

頬に手を当て、むに、と持ち上げると、テイラーが笑った。

「そんなことしなくても、ちゃんと笑えてますよ」

「本当に？」

自分の表情の変化がわからず、フィンは確かめるようにぺたぺたと顔に手を這わす。横に並んでうつ伏せていたテイラーが「ははは」と楽しそうに笑った。

「嬉しいな。僕、いつも『つまらなそう』って言われてたから」

「笑えないから？」

「ああ、うん。だからその……友達も少ない」

恥ずかしくはあったが、正直に告げる。「フィンっていつも楽しくなさそう」「暗い」「無理して遊ばなくていいよ」と陰口じみた嫌味を言われることは常だった。明るい性格の弟、ティムが一緒にいてくれたから遊び相手に困ったことはなかったが。

「まぁ、表情の問題だけじゃないだろうけど」

半ば自虐的にそう言うと、テイラーは茶化すことなく笑った。ここでしゃにむに否定してこないのが彼らしい。「フィンさんなら万人に好かれますよ」なんてことは、絶対に言わない。

「大なり小なり、人には合う合わないがありますしね」

良いことも悪いことも、テイラーはフィンの意見を尊重してくれる。フィンがそう思うのなら、そうかもしれない、と。

「俺はフィンさんの性格も、好きですよ。がっつり合致」

その上で、自分は「それ」が好きなのだと言ってくれる。フィンは頬に手を添えないまま、笑った。

「でも、これから友達が増えるかもですね。フィンさんの笑顔、とっても素敵です」

「……ありがとう」

きっと、こういうふうに言ってくれるテイラーがそばにいるから、フィンは笑えるようになったのだ。無理をして笑顔を作らなくても、自分の好きな時に好きなように気持ちを表せばいいのだと、テイラーを見ていて気が付いた。

「前に話した同僚の……、あの熊獣人のディビスなんですけど」

「あぁ、うん」

「ディビスも、それから恋人のエドワーズさんも冬眠がある種族らしくて」

「へぇ」

同じ種族ならまだしも、違う種族同士で冬眠のあるタイプで、なおかつ恋人というのは珍しい。目を瞬かせると、テイラーがにこにこと笑った。

「冬眠が明けたら、一緒に遊びませんか？　ディビス達もよく出かけたりしてるらしくて、一回どうかなって」

「遊びに……、って、いいのか？」

とても魅力的な誘いではあるが、フィンは社交的な方ではない。しかもテイラーの同僚であれば、彼も……そしておそらくリックも、かなり若いはずだ。

「話が、とんでもなく合わないかもしれない」

遠慮、というよりも申し訳なさでそう言うと、テイラーがフィンの頭に手をのせた。そして、ぐりぐりと揺らすように撫で回す。

「そんなこと言ったら、俺とフィンさんはどうなるんですか。ちゃんと話も、気も合ってますよ」

「そう……？」

「あ。もちろん、無理にとは言いませんので」

自信なさげにしているフィンに気が付いたのだろう。テイラーはあっけらかんとそう言い放つ。その顔に嫌そうな雰囲気は見えないし、無理もしているようには感じない。純粋に「フィンが楽しいなら」と思ってくれているのだろう。

「行きたいな」

気持ちのままに、ぽつ、と呟く。テイラーの話から、ディビスやリックが悪い人物ではない……むしろ良い人なのだろうということはしっかりと伝わっていた。

「僕は……」

これまでの経験から、フィンは「自分がどう感じるか」よりも「人がどう感じるか」ということばかりを優先するようになっていた。

しかしテイラーといて、もっと自分や、自分の気持ちを大事にしていいのだと思うようになった。なにより、テイラーがフィンの気持ちを大切に扱ってくれるからだ。

「うん、一緒に行きたい」

「そうですか？　良かった」

もう一度繰り返すと、テイラーが嬉しそうに頷いた。フィンもまた嬉しくなって、うつ伏せの状態から、ころ、と体を転がして、テイラーにくっついてみる。

「フィンさん？」

テイラーの逞しい腕に、ぴと、と額を当ててみる。そして、ちらりと目線だけ上向けて「ありがとう」と小さく礼を言ってみた。誘ってくれてありがとう、フィンの気持ちを優先してくれてありがとう、遊ぶことを喜んでくれてありがとう。すべてを言葉にはしないが、精一杯気持ちを込めて、腕に、ちゅ、と口付ける。

「あ、うぁー……」

と、「あ」の形に口を大きく開いて、テイラーが唸った。唸ったというか小さく叫んだ。

「え、なんだ、ごめん」

「うわぁ、うわぁ」

うわうわと叫んだまま、テイラーがフィンを抱きしめる。そしてそのまま、頬にちゅちゅちゅちゅっと何度も何度も口付ける。右も左も、ついでに鼻先も瞼も「うわぁ」と言いながら。

「ちょ、こわっ、こわい」

一体全体どうしたのかと問うように両手で押しやれば、テイラーは最後に「ううぅ」と低く唸ってから、動きを止めた。

「可愛すぎて……」

「え？」

「フィンさんが可愛くて怖い。怖い、俺、フィンさんを食べてしまうかもしれない」

「えっ」

恐ろしい宣言に、フィンは体の向きを変え、テイラーの腕から抜け出そうとうごうご蠢《うごめ》く。が、テイラーの腕はまるで巨大な安全ベルトのように離れない。

「うぅ、寝てる間に食べてたらすみません」

「ちょっ、ふっ、テイラーくん」

あまりに切実な物言いに、笑いがこぼれてしまう。もちろん、テイラーが本気でフィンを食べるとは思ってもいない。

「あぁー！　フィンさんがこんなに可愛くてどうしましょう……っ、どうしましょう？」

「どうもしないよ」

勢いよく問われても、なんとも答えようがない。素気無く返すが、テイラーはまたも低く唸っている。

「友達どころか、絶対フィンさんのファンが増える。増えてしまう」

「増えないよ」

ありもしない未来を憂える恋人が哀れになって、胸の前に回る腕をよしよしと撫でてやる。この腕であればどんなものでも摑めるだろうし、どんなものも離さないでいられるだろうに、なにを不安に思うのだろうか。

「テイラーくんは時々面白いことを考えるな」

「面白くないですよっ」

くわっ、と喚くテイラーは、年相応の幼さが垣間見えて、なんだか無性に愛おしい。

（そういえば……）

これまで、年下の人物と付き合ったことはなかった。フィンに積極的に声をかけてくるのは、年上の男ばかりだったからだ。

(可愛いものなんだな)

恋人に対して「可愛い」と思ったことはあまりなかった気がする。むしろどちらかといえば言われる立場だった。必ずといっていいほど「顔が」という前置きがあってからだが。

「テイラーくんは可愛いな」

「なんでこの話の流れでそうなるんですかっ？」

悲鳴のような声を上げるテイラーにしがみつかれながら、フィンは「ふむ」と考える。

テイラーは可愛い……だけじゃなく格好良い。どんな人にも分け隔てなく優しいし、話題も豊富で気遣いもできる。

「心配すべきなのは僕の方か」

「え、なんの話です？」

うん、と頷きながら気持ちを口にすると、テイラーが「もしもし？」とフィンを揺する。

「テイラーくんにずっと好きでいてもらえるように頑張るから」

気合を入れて、むん、と拳を握ると、テイラーが天を仰いだ。

「可愛いんだよなぁ、この人。もう」

これまで「可愛い」と言われることに嬉しさを感じたことはない。なにしろ「顔」がすべてだったからだ。しかし、テイラーに言われると不思議と嬉しくなる。テイラーの「可愛い」には「愛しい」や「好き」がふんだんに詰まっているのが伝わってくるからだろう。

フィンはほこほこと温かい気持ちで目を閉じる。テイラーは「あぁもう」と言いながら、そんなフィンを抱きしめる。

なんだか、いい夢が見られそうだった。

その日。フィンは夢を見た。

小さいヤマネと大きい雪豹が、雪山に遊びにいく夢だ。二匹はかまくらを作って、その入り口に『ぼくたちのいえ』と表札を立てていた。中を覗けばいつの間にかそこには暖かそうな家が出来上がっており、二匹は大きなベッドに腰掛けて、それぞれコーヒーと紅茶を飲んでいた。

ぽつぽつとおしゃべりして、雪豹が雪かきに出て、ヤマネがでかい肉塊を使ってローストビーフを作って。眺めているだけで幸せになるような生活を送っていた。

最後は、二人で手作りのソリに乗って、雪の斜面を滑っていった。

「どこに行くんだ？」

と思わず尋ねると、ヤマネの方が振り返って笑った。その小さな手をぶんぶんと振りながら。

「春に会いにいくんだよ」

僕も連れていって、と言いかけて、フィンはふと立ち止まる。ヤマネと雪豹が寄り添っていたように、自分にも、一緒に春を迎えたい人がいたはずだ、と思い出したからだ。

「テイラー、くん」

名前を呼んで、ぽか、と目を開ける。ベッドには一人きりで、隣に彼はいない。

「はい」

しかし、思ったよりすぐそばから返事が返ってきて、驚いて体を起こす。と、仕事着姿のテイラーが、帽子を片手に部屋の入り口に立っていた。

「すみません。仕事に行く前に幸せを補給してました」

どうやら、これから仕事らしい。その前にわざわざフィンの寝顔をこっそりと確認しにきたのだろう。そのいじましさに、フィンの胸がきゅうと引き絞られる。

「春が来ても……」

「はい？」

「春が来ても、一緒に暮らさないか？」

ぽろりとその言葉が漏れたのは、どうしてか。夢の中のヤマネ達が羨ましくなったのか、寝顔さえも愛おしそうに眺めてくれる恋人に喜びを感じたのか、名を呼べばすぐに返ってくる距離が惜しくなったのか。

冬の間、冬眠のお世話のためだけの同居だったはずなのに。気が付けばフィンは、テイラーに同棲を持ちかけていた。

「はは、いいですね」

テイラーは、フィンが寝ぼけていると思っているのだろう。冗談のように受け止めて、笑っている。フィンはぼやけた視界をクリアにするために、こしこしと目を擦り、もう一度テイラーを見上げた。

「春になっても一緒にいようよ」

それは、フィンの切実な願いだった。

春の訪れは、いつだって別れを予感させた。冬眠が明けたら世界はどんよりと曇っていて、フィンはいつでもがっかりしていた。

「テイラーくんと、一緒にいたい」

でも、テイラーとなら。彼と一緒ならきっと楽しい春が来る。寒地に逆戻りすることになっても、ほぼ初対面の人達と遊ぶことも、全部、全部。フィンの世界は優しい薔薇《ばら》色になる。

「ええ。喜んで」

テイラーは満面の笑みで頷いて、ゴツゴツとした腕時計を見下ろしてから「あっ！」と叫んで尻尾を立てた。どうやら出勤時間が来たらしい……もしくはちょっと過ぎている。

「じゃあ、いってきます。ゆで卵作ってるんで、起きたら食べてくださいね」

テイラーは慌ただしく扉を閉めると、どたどたと足音を立てて出ていった。

その音を聞き届けてから、フィンは横倒しに、ぽす、とベッドに倒れ込む。

「……はは」

テイラーは「喜んで」と言った。「一緒にいよう」に対して「喜んで」と。フィンはころころとベッドを転がる。

子どもの頃は、双子の弟が一緒にいて。大人になって一人になって。何度も何度も一人になって。でも、今年の冬は、恋人が見守ってくれている。

なんて幸せな冬眠だろう。フィンはゆっくりと肺を膨らますように息を吸って、止めて。胸の中いっぱいに幸せをとどめた。

十五

「あれ、フィンさん起きてる」

「起きてるよ。今日は比較的暖かかったし」

長い長い冬が過ぎて、段々と春が近付いてきた。暦の上でも、体感的にも。そうなるとフィンの眠気も治るもので。最近は少しずつ起きている時間が長くなってきた。

朝から洗濯機を回していると、夜勤明けのテイラーがひょっこりと洗面所に顔を出した。どうやら仕事から帰ってきてすぐ、洗濯機の音を聞きつけたらしい。

「あ、俺も洗濯物あって……どぉわっ！」

洗面所に踏み込んできたテイラーが、びょんっと飛び退《すさ》る。どうしたのかと「テイラーくん？」と振り返ると、テイラーは顔を手で覆って、指の隙間からフィンを見ていた。

「どっ、どうしたんですかその格好」

「格好？」

自身の体を見下ろして、フィンは「あぁ」と頷いた。

「あぁごめん、ちょっとシャツを借りてしまった。着ていたパジャマは洗濯機に入れてしまったから」

手近にテイラーのシャツがあったので借りてしまった。かなり大きいので太ももの中ほどまでしっかりと隠れている。ズボンは穿《は》いてみたのだがまくってもまくっても足が出てこなかったので諦めて脱いでしまった。

「勝手に悪かった」

いくらなんでも許可なく服を着られるのは不快だろう。脱ごうと服の裾をたくし上げたところで「まっまっ待って」とテイラーに止められた。

「いいのか？」

「いや、いいんです。とってもいいのでそのままでいいです」

まだ片手で顔を隠したままのテイラーが、うんうんうんと頷く。

「ありがとう。じゃあ少し借りる」

許可を得て、ホッとしながら歩き出すと、またしてもテイラーが「あっ」と声を上げた。

「お、お尻が」

「ん、あぁ」

お尻、と言われて、肩越しに自身の臀部《でんぶ》を見やる。獣人の服は基本的に穴空きだ。何故なら、大なり小なり尻尾があるからだ。

服のサイズと同じように、穴にもサイズがあり、皆、自分の尻尾にちょうど合う服を購入する。最近はボタンや紐等で穴の大きさを調整できる服も売っており、デザインも多種多様になってきた。

テイラーのシャツはあくまで上着なので、穴は空いていない。必然的に、フィンの尻尾はシャツの裾から出ることになる。つまり、尻尾がシャツを持ち上げて、尻が見えてしまう。

「下着は着ている」

シャツの裾を思い切り持ち上げて下着を見せる。綺麗に空いた穴からひょっこりと尻尾が出ていることが目視できる。

「う。いや、そうなんですけど……ですけども……」

ぶつぶつと口の中で何事か呟いたテイラーを置いて、フィンはすたすたとキッチンへ進む。今日は朝からとても気分がいいので、久しぶりに料理をしたかった。

「残ってる肉と野菜、使っていい？」

問いかけると、テイラーが「はい」と頷いてくれた。ついで「何作るんですか？」とも。

「切って、煮る」

なに、という題名もつかない野菜煮込みだ。

正直に答えると、後をついてキッチンにやってきたテイラーが目を瞬かせた。ひゅるんと尻尾を振って、腕を組む。

「フィンさんって、なんていうかこう……、結構男らしいですよね」

「そうか？」

あまり言われ慣れない言葉に、手に持っていた赤ピーマンを潰しそうになる。

「ほら、風呂でも裸になるのまったく抵抗ないし、料理も、なんというか『男の料理』って感じだし」

「うーん」

包丁を取り出して、ざくざくと野菜を切りながら考え込む。

「学生時代、運動部だったからかな？　裸になることも多かったし」

着替えはもちろん、部活後のシャワーなど裸になることは多かった。もちろん場所は選ぶが、人前で肌を晒すことへの抵抗感は多少低いかもしれない。警察学校での共同生活による影響も大きい。

「あと警察学校かな。事務職は一般より楽は楽だけど、格好なんて気にしてられないくらいハードだったし」

「へぇ」

「消防官もそうじゃないのか？」

「まぁ……はい、似たようなものですね」

会話をしながらも、コンロに強火で火をつけて、水を張った鍋に野菜と燻製《くんせい》肉を入れ、それからトマト缶をえいやっとひっくり返す。味付けは塩と胡椒《こしょう》と香辛料その他だ。

ぱんぱんっ、と手を払って鍋に蓋をして「そうだ」と思いつく。

「分厚いハムがあるから、卵とチーズでホットサンドも作ろう」

「夜勤明けに最高です」

「だろう？」

テイラーは夜勤明け、しっかりもりもりと食べる。胃に優しいものがいいのでは、と思うが、本人が「気取ることなく本音を言わせてもらうと、がっつりしたものが食べたいんですよね」と言うのだ。せめても野菜を摂取してもらおうと思った結果が、野菜煮込みである。

「うわ見てこのハム。……分厚いハムだ。あ、テイラーくん卵出して、卵」

冷蔵庫からハムを取り出しテイラーに見せつつ、いそいそとホットサンドメーカーを準備する。早速卵を両手に持ったテイラーが「ふ」と笑った。

「どうかした？」

何故卵を持って笑うのかわからず問いかける。と、「いや」と手首のあたりで鼻を擦ったテイラーがまた笑った。

「楽しいなぁと思って」

その笑顔を眺めながら、フィンは「卵を持っても格好いいな」なんてことを考え、そしてたっぷりと含みを持たせて「あぁ」と頷いた。

「楽しい」

テイラーといるのが楽しい。くだらない話をしながら笑い合えるのが楽しい。洗濯をして、彼のシャツを着て、料理を作って一緒に食べて。そのすべてが楽しいのだ。

最近とみに緩くなった頬が、またゆるりと上がる。暖かくなって、気分が浮上してきたからか。それともテイラーと共にいるからか。はたまた、そのどちらもか。

ふわふわと浮かれた気持ちでハムを切っていると、ほわ、とあくびが出た。春が近いとはいえ、冬眠明けはもう少し先のようだ。

「野菜が煮えるまでソファで寝てていいですよ？　ホットサンドは俺が作っておきますから」

「いや、まだ大丈夫」

ゆるゆると首を振りながら、フライパンに薄く油をひいてハムを落とす。表面をカリッとさせてからホットサンドに挟むと、とても美味しいのだ。その横に、テイラーが持ってきた卵を割って落とし、蓋をする。半熟の状態で取り出して、ハムと共に挟んで焼いたら出来上がりだ。

「じゃあ、それが焼けたら二人でおしゃべりしましょうか」

ソファで、とテイラーに提案され、フィンは頷く。

「旅行の話しましょうか。冬眠明けて結構すぐ行くなら、そろそろ予約しとかないと」

「そうだな。場所はどこにしようか」

春になってもまだ雪が残っている地域はそう多くない。悩むフィンに、テイラーが「あの」と若干気まずそうに声を上げた。

「俺の実家はどうでしょう?」

「えっ?」

思いがけない提案に、フィンはフライパンの蓋を取り落としそうになる。

「あ、いや、深い意味はなくて。俺の出身地は、春になってもまだ結構雪が残ってるから」

「なるほど」

この年になっても、いや、この年になったからか。「恋人の実家」と聞くと妙に構えてしまう。ぽりぽりと頭をかいて「テイラーくんがそれでもいいなら」と素直な気持ちを返した。

「俺は全然。フィンさんに、俺の住んでたところとか見て欲しいです」

ホットサンドを載せる皿を手に、テイラーが機嫌良さそうに尻尾を振る。つられるように、体も軽快に揺れている。その気楽さと身軽さに、フィンの心も湧きたった。

「やった。フィンさんと旅行だ」

フライ返しを手に持ったまま、フィンもまた右に左に尻尾を振って体も揺らす。生まれてこの方リズム感に縁はないが、身軽さには自信がある。

二人で「やった」「旅行だ」「俺の実家だ」「雪だ雪だ」と言いながら向かい合って小さく踊る。狭いキッチンは恋人たちのダンスフロアになり、ハムを焼く音は小気味良いダンスミュージックに変わる。

笑って体を揺らすテイラーを見ながら、フィンもまた尻尾を跳ねさせて踊る。手を合わせて、尻尾を絡ませて。卵の端がカリカリに焦げてしまうまで、二人は手を重ねて体を揺らしていた。

十六

「うう……あつい、あついぃ……」

フィンは体に回っていた腕を、べりっと押しやる。と同時に目を覚ました。

「……はっ」

飛び起きると、そこは自分のベッドの上で。隣には仰向《あおむ》けの体勢で大きく両手を開いて眠るテイラーがいた。おそらくフィンに抱きついていたところを、べっ、と押しやられたのでこんな体勢になったのであろう。

(あ、網の上でじゅうじゅう焼かれる夢を見た)

先程見たばかりの夢を思い出し、どっどっと高鳴る心臓を服の上から押さえる。しかも焼いていたのはテイラーで、場所は彼馴染みの焼肉店だった。

なんという夢だ、と冷や汗を拭いながらこっそりベッドから下りる。テイラーはフィンが目覚めたことに気が付いていないらしく、むにゃむにゃと気持ちよさそうに何事かを呟いていた。耳をすませばそれは「フィンさん、肉」とフィンを呼ぶ寝言で……。フィンは笑いながらリビングに向かった。

ピッ、とテレビの電源を入れる。予感はしていたが、アナウンサーが「めっきり春めいてきました」

と笑っていた。そう、春が来たのだ。

ん、と腕を天井に向けると、体がしなやかに伸びる。頭もすっきりと冴《さ》えていて、眠気など体のどこにも残っていない。テイラーが置きっぱなしにしていたダンベルを摑んで、腕を伸ばしたまま数度上下させると、スムーズに筋肉が動くのがわかった。筋力は多少落ちているようだが、辛さはない。何より、手足にしっかりと力が入る。

「うん。春だな」

コーヒーメーカーのスイッチを入れて、着替えついでにサッとシャワーを浴びる。

コーヒーを飲み、焼いただけのトーストを齧り、職場に復帰時期の連絡をしたところで、テイラーが起きてきた。

「ぅ、はようございます」

「おはよう。トーストでいい？　チェリーのジャム、まだ残ってたよね」

「うわぁい」

はい、なのか、わーい、なのかよくわからない返事をして、テイラーはぺたぺたと洗面所に消える。

昨日は非番中に緊急の呼び出しがあったので、疲れているのだろう。……と、数秒もしないうちに、テイラーが飛んで戻ってきた。

「フィンさんっ？」

「うん」

先程まで半分の大きさになっていた目はぱっちりと開いて、ダイニングテーブルに腰掛けるフィンを見ている。

「え、起きるの早くないですか？　格好も、なんかしっかりして……」

「春だからね」

そう言ってリビングに面した大きな窓と、テレビを示す。丸いままの目で外を見て、しきりに「春が来た」と告げるテレビを見て、そしてフィンの顔を見たテイラーが、にこっ、と笑った。

「春だからかぁ」

そうかそうか、と言わんばかりに笑うその顔が可愛い。フィンは立ち上がると、トースターにパンを突っ込んだ。

「顔洗っておいで、パンとコーヒーは準備しておくから」

「はいっ」

若人らしく元気な返事をして、テイラーが部屋を飛び出す。その足取りはとても軽く、まるで彼こそ冬眠明けの獣人のようだ。

「今日からは良い気候が続きそうです。冬眠から目覚める獣人の方も多いのではないでしょうか」

テレビのキャスターが朗らかに笑っている。そういえば一年前も同じような内容の放送を見た気がする、と思いながら、トースターのスタートボタンを押して。

去年の今頃は、こんな穏やかな気持ちで春を迎えられてはいなかった。自分の習性を恨み、上手く笑うこともできず、後ろ向きに落ち込んでばかりいて。

「不思議なものだな」

それもこれもテイラーのおかげ……と思ったところで、洗面所から「フィンさーん」と情けない声が飛んできた。

「すみません、着替え持たないままシャワー浴びちゃって。それで、服はもう洗濯機に入れて回しちゃって。着替えを……」

廊下を覗けば、洗面所から顔だけを出しているテイラーが見えた。フィンよりもテイラーの方ががちゃんと裸を隠す。大きくて逞しくて、昨日もまたどこかで起こった火事を命を張って消しとめた彼が、肩をすくめている姿が面白くて。フィンは思わず笑いそうになってから、笑ってはまずいかな、と頬を押さえた。そして、その行動がおかしくなって結局、ふっ、と吹き出してしまう。

「ちょ、フィンさん、笑わなくても……」

「いや、テイラーくんが面白かったんじゃなくてね。はは」

一生懸命に笑おうと頬を持ち上げていたフィンが、笑わないようにと頬を押さえつけるだなんて。

「嬉しいなぁ」

とても嬉しかった。自分の内側の変化だ。それもこれも……。

「え？　なに喜んでるんですか。ちょっと、あの、いい顔で笑ってないで服ください」

いい顔してるフィンさんを抱きしめられないじゃないですか、と明るく喚く彼のおかげなのだと、ちゃんとわかっている。フィンはもう一度「はは」と笑ってから、テイラーの部屋に向かって踵《きびす》を返した。

十七

「じゃあ、旅行は予定通り来週末でいいんですか？」

「あぁ。上司が休みを取っていいと言ってくれてな」

冬眠が明けて一週間。フィンは徐々に普通通りの生活を取り戻していた。

今日は冬眠明け祝いということで、リックが勤めている店で久しぶりの外食を楽しむことになった。テイラーの好きな焼肉店でもいい、と伝えたのだが「それは、さすがに今日は駄目な気がします」と珍しく拒否されてしまった。なにがどう駄目なのかは、定かではない。

「じゃあ叔父に連絡しておきますね」

「うん、よろしく」

テイラーの出身地である雪国への旅行。その計画は着々と進んでいた。

実家とはいっても、両親は現在家を空けているらしい。父母共に医者で、村で診療所を開いていた……のだが、現在は海外の紛争地帯で多くの人を助けているらしい。ちなみに診療所の方は父の弟、つまりテイラーの叔父が継いでいるとのことだった。住まいにしていた家はそのままなので、寝泊まりはそちらで……ということになった。

「いつか、ご両親にお会いしてみたいな」と、フィンが言うと、テイラーが「俺も、フィンさんのご両親と弟さんにお会いしてみたいです」と笑った。

旅行の話や、仕事の話などなど、互いに笑いながら話していると、視界の端に大きな尻尾が揺れるのが映った。厨房にいるリックだ。フィンが顔を上げ、ついでに小さく手を振ると、きょときょとと周りを見渡したリックが、嬉しそうに手を振り返してくれた。と、ホールを担当している蛇獣人が、リックに何事か話しかける。しばし戸惑った様子を見せた後、コック帽を片手に取って、てててっとこちらにやってきた。

「あっ、あのっ。テイラーさん、フィンさん、こんばんは。お久しぶりです」

「エドワーズさん、久しぶり」

テイラーがにこやかに挨拶して、フィンもまた「こんばんは」と目を細める。冬眠前から思っていたことだが、リックは動きが小動物じみていて、とても可愛い。見ているだけで癒される……とは、彼のような人のことをいうのだろう。

「あの、今度一緒にお出かけできるってディビスさんから聞いて、嬉しくて。そわそわしてたら先輩に『挨拶してきていい』って言われました」

てへへ、と頭をかいて、リックが尻尾を揺らす。

「僕たちも楽しみにしてるよ」

微笑ましい気持ちでそう返せば、リックは一段と嬉しそうに頬を持ち上げ、照れたように笑って見せた。うっすらと鼻先に散ったそばかすが、愛嬌たっぷりだ。

それから、今度遊びにいく先の候補を上げてみたり、リックがフィンに護身術を習いたい、という話をしながらしばし談笑を楽しんだ。そのうち、蛇獣人の店員が「おーいリック」とリックを呼び、小さな交流会はお開きになった。

「あ、えと、じゃあまた今度」

来た時と同じように、てててっと去っていくリックの背を見送りながら、フィンはつい「可愛いね」と漏らす。テイラーは楽しそうに笑った後、少しいたずらっぽく青い目を閃《ひらめ》かせた。

「エドワーズさん、フィンさんを同年代って思ってるかもしれませんよ」

「はは、そんなまさか。リックくんっていくつ？」

「たしか、二十になったばかりくらい……って言ってましたね」

「はっ、さすがに二十はないだろう」

軽く笑い飛ばした後に、そういえばテイラーよりもフィンに対しての方がわりと軽めの口調だったとか、去り際にちょこちょこと手を振っていた気安い態度を思い出す。

「……ないよな？」

真顔でテイラーを見やると、思い切り笑われてしまった。

ちなみに、その件に関してはテイラーの見立てが当たっており、フィンとリックはお互いに驚愕するはめになるのだが……。それは、もう少し先の話である。

*

店を出てから、家に帰って、なまった体を鍛えるため筋トレに励んで、風呂に入って、いつものごとく動物ドキュメンタリーを楽しんで。

フィンは満ち足りた気持ちで、テイラーとソファに並んで座っていた。というより、テイラーの大きな体に寄り添うような形だ。どれだけ体重をかけても、テイラーはぴくりとも揺るがない。テレビ鑑賞のつまみにと用意した干し葡萄入りの木皿を抱き込んで、フィンはじっと画面を見つめる。

『タンチョウは、交尾を終えると雄が雌に感謝のポーズを取ります。番となった二羽は、春から子育てに励むのです』

画面の中では、雪原の中の二羽の鶴がクローズアップされている。まるで踊るように優雅に愛を告げ、体を交わし、夫婦になっていく。

生命の神秘を「ほぅ」と眺めていると、干し葡萄をつまんでいた手を取られた。

「ん？」

「……あっ、いや」

突然のことに驚いて目を見張ると、テイラーが気まずげに視線を逸らす。が、すぐにキッとフィンを見据えた。

「フィンさん」

「なに？」

「……フィンさん」

「あぁ」

「フィンさん、あの……」

語尾を上げたり下げたり間を持たせたりしながらフィンの名を繰り返し呼んで。

最後は尻すぼみに言葉を消しながら、テイラーがフィンの肩を摑んだ。

「キスしていいですか？」

何を言うのかとドキドキしていたら、意外にも可愛いことを言われて。フィンは微《かす》かに笑いながら「もちろん」と頷いた。

抱えていた木皿を机の上に置こうとしたところで……。

「んっ」

肩を抱き寄せるように引っ張られて、唇を奪われる。フィンとテイラーの間に挟まれた木皿から、ぽろりと一粒干し葡萄が落ちた。

「ん、んぅ……」

キスをしたまま、木皿をソファの端に避難させる。その間もテイラーはフィンに吸い付いて離れない。下唇を食《は》むようにむにむにと浅く噛まれて、思わず尻尾を揺らしてしまう。

「ふ、は……、いぁ」

テイラーの厚い舌がフィンの口内に侵入して、べろん、と舐め回す。ずりっ、と上顎を擦られて、フィンの背筋に小さな快感が走る。尻尾がぴんっと立ち上がって、ぼぼぼっと下から膨らんでいくのがわかった。

「ん、む」

ちゅうちゅうと小さな舌を吸われ、飲み込むように舌同士を絡められて、圧倒的大きさに負けそうになって。フィンはテイラーの引き締まった尻のあたりをぺしぺしと叩いた。

「まっ、待て、待て」

「ん」

厚い胸板をどうにか押しやって、フィンは「ふぅ」と息を吐く。

「今日……、する？」

「……」

フィンの問いかけに答えず、テイラーは無言でフィンを見下ろしていた。いつもは陽気で朗らかなテイラーが黙ると、妙に威圧感が増す。ふ、と息を吐きながら髪をかき上げる仕草に、何故か胸を高鳴らせながら、フィンは「し、ないでおこうか？」と今度は反対の言葉で問うてみた。

一度だけの深いキスを交わしてからこっち、フィンとテイラーに性的な接触はなかった。テイラーが「冬眠中は抱かない」と意識的に我慢してくれていたからだ。

テイラーは若いし、健康な男性だからそれなりに性欲もあるようで。くっついているとたびたび股間が兆しているのがわかった。が、そんな時テイラーは必ずフィンから距離を取った。

「もう、春になったよ」

「あぁ、いや……」

テイラーが、何かを否定するように首を振る。その仕草を見て、フィンの心がチリリと疼《うず》いた。

「もしかして、僕とするのは、嫌になった？」

「は？」

俯いて、テイラーの顔を見ないように早口で問う。

「僕は君と違ってまっさらな体じゃないし、年上だし、男だし、色々ほんと、あるけども」

「ちょっと、フィンさん」

顎を摑まれて、く、と持ち上げられる。それでも目を合わせることができず、フィンはきょろきょろと視線を彷徨わせる。青いその瞳の中にフィンが望まぬ「答え」が覗いていたら、とてもショックだろうと思ったからだ。

「それでも、僕はテイラーくんとしたい。テイラーくんに抱いて欲しい」

思い切ってそう告げ、揺らしていた視線をテイラーに戻す。

「いい歳して、浅ましくて、ごめん」

こちらを見下ろす青い瞳が、精悍なその顔が滲んでいて、自身が涙ぐんでいることに気付く。ここで泣くなんてますます恥ずかしい、のに、潤んだまなじりからぽろりとひと粒涙がこぼれてしまった。

「…………っだぁ！」

急に、大きな声を上げたテイラーが、フィンを抱きしめた。抱きしめて、そして、腰を摑んで持ち上げる。

「わっ、テイラーくん」

「フィンさん、本当にもう、本当に、本っ当に」

本当に本当にと繰り返しながら、テイラーがフィンを抱いたまま寝室のドアをバンッと開く。そのままベッドの上に投げ出されて、フィンは「はっ」と受け身を取った。

「て、テイラーくん？」

「めちゃくちゃやりたくて春になってようやく憚《はばか》りなく手を出せるようになったはいいけども、俺は誘うタイミングなんて何もわからない童貞で」

「えっ、えっ？」

すぅ、と息を吸い込んだテイラーが、わっ、と勢いよく、というより独白のように語り出して。フィンは状況がわからずに受け身の体勢のまま、ベッドを後退る。

「どうにかこうにかキスに持ち込んだけどあまりに気持ち良くてフィンさんが可愛くてすぐ出そうになって、いやさすがにまずいだろって……めちゃくちゃ耐えてましたっ」

最後の「たっ」が存外大きな音で。しばらく余韻のように部屋の中に響いていた。っっっ……と耳鳴りのようなその余韻が消えてから、フィンは「えっ、と」と歯切れ悪く言葉を紡いだ。

「まだ、……出てない？」

「出てませんっ」

我ながら最低な質問だったかもしれない。が、何と聞けばいいのかわからなかったのだ。

「やり方、……あぁ、男同士のやり方だけど、わかる？」

「それは、調べました」

もう恥も外聞も捨て去ったのだろう。ベッドにのり上げたテイラーは、開き直ったように堂々と座り、居住まいを正した。真っ直ぐに座る彼の股間を見れば、緩いスラックスの中心がたしかに盛り上がっていて。フィンは「うん、その、うん」と曖昧に誤魔化しながら、自らも姿勢を正し、テイラーの正面に座る。

「実はその、えぇー……」

もにょもにょと言葉を濁して頬をかいて、そのまま頬を両手で挟む。

「僕もその、春になって、君に抱かれるかなって思って毎日そわそわしてて。それで、毎日、毎日……自分で解《ほぐ》して準備してたんだ」

「フィン、さっ」

「何も言わないでくれ。羞恥で死にそうだから」

片手で頬を押さえ、片手でテイラーを制す。わなっ、と片膝ついて身を起こしかけたテイラーが、大人しく元の位置に戻る。その代わり、ごく、と喉を鳴らしてから、窺うようにフィンに問いかけてきた。

「じゃあもう、準備してあるんですか」

「うん、あぁ、……うん」

頷くと、テイラーがその場に突っ伏すように前屈みになった。片手でベッドをどんどんと叩いてから「あ――」と呻いている。

「フィンさんて、その、そういうことにあんまり興味がないって感じなのに……結構、結構その……」

「うん。結構好きだな、……えっちなこと」

テイラーの言わんとしていることを汲み取り、早口で肯定する。と、テイラーがまたもベッドに頭を埋《うず》めた。

「フィンさん、こういうのなんていうんですかね。俺、すっごい、心臓痛いくらいときめいてるんですけど」

「な、なんだろう。わからない」

テイラーが、今の会話のどこにときめいたかはわからないが、とにかく性に多少積極的でもいいということだろう。

それがわかって、フィンはずりずりと膝を滑らせ、テイラーのそばににじり寄った。

「もう、触ってもいい？」

気遣うようにそう言って、テイラーの横、ベッドの縁に腰掛ける。テイラーは、ビクッと面白いほをのせる。

ど体を跳ねさせて「いや」「うん」と不明瞭な言葉を返してきた。そのしっとりと汗ばんだ腕に、手

「緊張するよな。でも……」

「え？」

「ほら、僕も緊張してる」

テイラーの手を掴み、自分の素肌の胸に触らせる。ドキドキと期待に脈打つ心臓の音がわかったの

だろう、テイラーの目線が揺れ、顔が赤く染まるのがわかった。

初めてであれば、緊張するのも、辿々《たどたど》しくなるのも当然だ。

（ここは、年上で経験者の僕が先導せねば）

テイラーの手を胸の上に残したまま、パジャマのボタンをひとつ、またひとつと外していく。上着

を、肩から滑らせるように落とす。途中テイラーの手が引っかかったが、彼が手を引いたことで、す

とん、とベッドの上に落ちた。ついで、するするとズボン脱いでしまう。

「もう、何回も裸なんて見せてるから、今さらだけど……やっぱり、少し恥ずかしいな」

今さら、本当に今さら羞恥が湧いてきて、フィンは「はは」と照れを誤魔化して笑う。

筋トレの効果でそれなりに引き締まってはいるものの、フィンの体は全体的に小さくて薄い。小型

獣人だから、しょうがないといえばしょうがないのだが。硬さはあるが、腹筋の浮かない腹、なだら

かな胸、色素が薄いせいで薄桃色に見える乳首。男らしさ、とは無縁である。

それでも、今さら変えられるものでもないので、フィンはありのままをテイラーにさらけ出す。

「風呂場で裸を見る時は、『仕事だ』って自分に言い聞かせてました」

「はは、……仕事か」

フィンの裸体を前にして、テイラーが太ももに手を置いたまま続ける。

「今からは、恋人として、触っていいですか？」

「……もちろん」

むしろそれを望んでいるのだ、とフィンはテイラーの手を摑んで、先程のように胸にぺとりと押し当てる。テイラーの手は、驚くほどに熱かった。

「ん」

もに、と軽く揉まれて、上擦った声が出る。恐る恐るといったように人差し指と中指で胸の突起を挟まれて、さらに「んっ」と声が出る。テイラーが胸を揉むたびに、指の間に乳首が柔く挟まれる。

「そ、れは、じれったい」

「わ、かりました」

ぎらぎらとした目を、胸から逸らさないまま、テイラーが親指の腹で、きゅっ、と乳首を押す。

「ふ、あっ」

くにくにと優しく捏《こ》ねられ、押され、弾かれて、小さな突起がじんじんと痺れる頃には、そこはふっくりと立ち上がっていた。

「あ、あ……たっちゃった、な」

そう言うと、テイラーが弾かれたように胸から手を離す。まるで、咎《とが》められたかのように。

フィンは自分で自分の胸に手を当てて、人差し指と中指で乳輪を引っ張るように、むにぃ、と伸ばす。と、テイラーがごくりと息を呑んだのがわかった。

「フィンさん、あの……舐めても、いいですか？」

それ、と恥ずかしそうに言われて、フィンは頷く。

「あぁ、うん、……テイラーくんが嫌じゃないなら」

恥入るように二度頷いてみせてから、フィンはテイラーの両耳あたりを支え、自身の胸へと傾けさせた。そっ、と胸に寄りかからせながら、肩をわずかに寄せて厚みの増した胸に、むに、と唇のあたりを当ててやる。初めは控えめに舐めるように、段々と吸い付くように、テイラーはフィンの乳首を刺激する。

「んっ、テイラーく……ぅんっ」

じゅう……っ、とさほど大きくない乳首をふんわりとした乳輪ごと吸い上げられて、フィンは仰《の》け反《ぞ》った。吸われて尖った乳首を、今度は舌先で押しつぶされ、れろれろと飴《あめ》を転がすように舐められて。テイラーはその獣のような舌でフィンの胸を堪能する。

こうやって胸に吸い付くのも、獣性の本能によるものなのだろうか。なんてことを考えて、思わず薄く笑ってしまう。と、かぷっ、と乳輪の周りを強めに嚙まれて。フィンはたまらず再び背を仰け反らせた。

「あに笑ってるんれふか」

胸の突起を口に含んだまま、テイラーが訝しげに問う。その、不満気な幼児のような表情に、また も笑いが溢れる。

「いや、違うんだ……、あっ」

つぷ、と犬歯が柔らかく乳首に食い込んで、その刺激に耳が震える。

「みみ、伏せてる……かぁいい」

胸から口を離さないまま、テイラーがフィンの頭の上に手を伸ばす。伏せた耳を親指と人差し指で挟むようにコリコリと撫で回されて、不思議な快感が首の産毛を逆立てた。

「耳、気持ちいいんですか？」

ちゅぽっ、とようやく胸を解放したテイラーが、何度も何度も親指で耳をくすぐる。

「あっ、ひゃっ、くすぐった……」

ぴくぴくと太ももを引きつらせていると、とん、と胸を押される。フィンは仰向けにころんと転がった。その上に、テイラーがのしかかってくる。

腕を折り曲げフィンの頭上に置き、すっぽりとフィンの頭に覆いかぶさるようにして。完全に耳を苛《いじ》める体勢だ。

「あっ、ひっ、いっ」

「うわ、可愛い」

指で撫でられ、こねられ、時折「はぷ」と口に含まれて。フィンの腰が持ち上がり、ベッドから離れる。

自分でも、そんなところが性感帯だとは思ってもいなかった。経験者らしくリードしようとしたのに、あっという間に形勢逆転だ。

テイラーが耳をしゃぶるたびに、濡れた音がダイレクトに耳奥に響く。耳をぴっぴっと跳ねさせて舌から逃げようとするのに、テイラーはフィンを逃さない。

「はっ、ぃあっ」

「耳、震えてる」

ぺしゃぺしょになってしまった耳は、すっかり濡れそぼって震えている。「ひ、ひ」と喉を引きつらせて、フィンは涙目でテイラーを見上げた。

「て、テイラーくん、あの……」

「ん？」

わずかに瞳孔が開いて見えるその目は、間違いなく「捕食者」のそれだ。舌でべろりと唇を舐める様に、フィンの尻尾が、ボワッと膨らむ。

このままではぱくっと頭から食われかねない。フィンはテイラーのシャツをくいくいと引っ張った。

「しゃ、シャツ脱ごう。服、テイラーくんも」

じんじんと耳が痺れているせいで、言葉に詰まる。そういえば、と見下ろした胸元には、乳輪を食むように大きな歯形がついていた。

（食われる……！）

急いで服を脱がせようと急《せ》かす、と、体を起こしたテイラーが、忙急に服を脱いだ。はぐようにシャツを放り、足を使ってズボンを脱ぎ捨てる。下着一枚になったその姿は、まさしく裸の雄だった。

「フィンさん……」

しかも、飢えた猛獣だ。目を爛々《らんらん》と光らせながら、フィンの足首を摑んで引っ張る。ずざっと滑るようにテイラーの下に引きずり込まれたフィンは「ひ、あのな」と胸の前に両腕を差し込む。手のひらを天に向けて、ある意味降伏のポーズだ。

「ほぐ、解してはいるんだけど、その……大型獣人とするの初めてで……ちょっと、自信がない」

フィンの発言に片眉を持ち上げたテイラーは、自身の下半身を見下ろして「あぁ」と頷いた。そし

て、片腕はフィンの顔の横につけたまま、もう片方の手で下着を勢いよく下ろす。

「う、わ」

フィンは思わず口に両手を当てる。下着に引っかかった反動で、ぶるんっと揺れながら現れたそれは、まさしく「大型獣人」であった。

「フィンさん、フィンさん」

ごくりと喉を鳴らしたフィンを興奮した目で見つめながら、テイラーが何度も名を呼ぶ。そして、耳や首筋、鎖骨に肩まで満遍なくちゅっ、ちゅっとキスしながら、フィンの足を摑んだ。

「わっ、テイラーくんっ？」

そのまま、ぐい、と腰を近付けられて、フィンは摑まれた足をぶんぶんと振る。反対の足はテイラーの太ももに当て、ぐいぐいと押し返した。

テイラーの陰茎の先が、フィンの会陰をぐにゅりと押す。先走りのせいで濡れているからだろう、ぬるぬると滑って、陰嚢《いんのう》を掠めながら上向く。テイラーは片手でフィンの足、片手で自身の陰茎を摑み、フィンの尻の付近に当ててくる。まるで「入る場所」を探すように。

「待て、待て待てっ！　入らないからなっ」

テイラーは「はぁー……はぁー」と低く荒い息を繰り返している。目の瞳孔は開ききって、牙が剝き出しになっていた。

ぷちゅ、と尻穴に陰茎が触れて、濡れた音がする。慣らしていたせいもあり、フィンの尻穴は躊躇いなくテイラーの亀頭を飲み込もうとしている。陰茎に押された尻穴の縁が、くぷ、と広がるのを感じて、フィンは「わ――！」と声を張り上げた。

「落ち着け！　正気に戻れ、テイラー！」

尻穴が上向くほど体を折り曲げられて。その状態で、フィンは懸命に足を振るった。やぁっ、と踵《かかと》落としの要領でテイラーの肩を打つと、ようやく彼が、はっ、とした顔をする。

「……っ、俺」

しぱしぱと瞬いて、テイラーがフィンの足を解放する。ついでに、少し侵入しかけていたテイラーの陰茎が、ぬぽっ、と穴から抜け落ちて、フィンは「はぁ、ん」と情けない声を上げてしまった。すると、今まで挿入しようと躍起になっていたテイラーの方がカッと赤く顔を染めて、フィンは思わず呆れるように笑ってしまう。

「落ち着いたか？」

「や……、はい」

性交中は獣性が色濃く出やすい。性行為が本能に基づく行動だからだ。

一般的に、肉食系の捕食者タイプの獣人はガツガツと貪るような行為、逆に草食系の被捕食者タイプの獣人はゆったりと穏やかな行為を好むと言われている。個々人の性格等によることも多いので、一概にそうとは言い切れないが、獣の本性はふとした時に顕在化する。

「テイラーくんは初めての性行為だし、獣性が色濃く出てしまったんだろう」

「すみません」

申し訳なさそうに額を押さえるテイラーの目は、理性的な光を取り戻している。

フィンはそんなテイラーの胸に手を当てて、ぐっ、と押しやった。テイラーは抵抗することなく、仰向けに倒れ込む。

「フィンさん？」

「今日は、僕にリードさせてくれ」

仰向けになると、股間の勃起がいっそう際立つ。先程より少しだけ力を失ったそれに、フィンはゆるゆると手を添えた。

「うっ」

こしこしと上下に扱《しご》けば、それだけで陰茎は一気に力を取り戻した。血管の筋が立つほど張ったそれが暴発しないよう、片手で根元を締め、片手で扱き上げる。

「フィン、さん」

「もうちょっと、待っていてくれ」

陰茎がしっかりと立ち上がったことを確認してから、フィンは「よいしょ」とテイラーの上に膝立ちで跨《また》る。ぎりぎり、陰茎が尻に触れるか触れないか、といった距離だ。

「いきなり挿《い》れるのはお互い痛いから、ちょっと慣らした方がいい」

そう言って、今度は後ろ手に自分の尻穴に触れる。

「今日は、風呂でしっかり解したから……、ん……」

つぷ、と指を差し込めば、穴は簡単にそれを飲み込んだ。人差し指と中指を挿れ、くぱ、と左右に開く。

「中に、ローションも、入ってるし」

入り口を開いたからか、仕込んでいたローションが、とろ……と指を伝って垂れてくる。フィンはそれを使って、さらに穴を解していく。

「ふ、……ん、ん」

入り口はきつく締まっているが、中は程よく柔らかい。中指を奥まで挿れると、奥の方からきゅうと徐々に肉壁が押し寄せてくる。そのうねうねとした感触を確認してから、フィンは指を引き抜いた。

「んあっ」

指先が抜ける瞬間、締まる穴の縁に指が引っかかり、弱い快感が走る。フィンはひくひくと腰を動かしてから、テイラーの胸に手を置いた。

「ふ、……これで、だいぶ柔らかくなったから。って、テイラーくん？」

挿入の準備が整ったというのに、テイラーは顔を両手で覆っていた。見れば、耳の先は真っ赤に染まっている。

「視覚の暴力が、やばいです。やばい」

「やばい？」

「見てたら射精しそうで……」

なにを冗談言って、と笑おうとしたところで、尻に当たる剛直がひくひくと震えていることに気が付く。ちらりと見下ろせば、テイラーの陰茎は今にも射精しそうなほど張り詰めていた。

「そうか」

せめてその前に、と、フィンは腰を上げる。

「今、挿れるところだ」

顔を覆ったままのテイラーにも伝わるようにと、現在どんな状態かというのを実況中継する。

「僕が尻を持ち上げて、手で、ちょっと尻を開いて」

「ちょっ、と、フィンさん、それは……」

尻朶《しりたぶ》を両手で支えるように持って、わずかに開く。そして、その中心でひくひくと震える穴に、テイラーの陰茎をあてがった。

「今、はぁ……穴に、テイラーくんのあれが、触れて……んっ」

「う、っあ。ちょっと待って、やば……」

「入る、入っちゃ……、ぁん」

尻穴に亀頭が触れる。先程テイラーに挿れられそうになった時より穴が程よく緩んでいるので、じゅぷぷ……と先端が思い切りよく沈んだ。その瞬間。

「ひっ、ぁあ？」

「うっ、くぅ……！」

尻穴の浅いところに、びしゃっ、と精液が弾けたのがわかった。挿入した、というより、亀頭がフィンの中に収まったか収まっていないか、くらいのところだ。熱い奔流を感じながら、フィンはテイラーの胸に手をつき「あ、あ」と漏らす。

「だから、っ、出るって」

テイラーは顔を覆っていた手で、フィンの腕を鷲摑む。

「あっ」

そのまま引っ張られ、押し倒されて、頭の脇にそれぞれ両手を押さえつけられる。

「テイラー、く、んっ？　あっ」

射精したばかり、のはずなのに、尻穴の中に硬い違和感を感じる。フィンは「ふっ、ふっ」と息荒く自分を見下ろすテイラーの顔を見やった。

「フィンさん、……っ、俺、もう一回……っ」

縋《すが》るようにフィンを見るその目には、まだ欲望の炎が燃え滾《たぎ》っている。到底一回では満足しない、と言わんばかりのその顔に手を添えて、フィンは、うん、うん、とゆるゆる頷いてみせた。

「うん。何回出してもいいから、一緒に気持ち良くなろう」

「フィンさ……っ」

両足をゆるりと持ち上げ、膝を曲げる。きっとテイラーの目には、結合部がよく見えているはずだ。尻穴がきゅうと疼いて、穴の縁からテイラーの精液とローションの混じったものが、とろ……と溢れるのがわかった。

「次は、テイラーくんの、好きに動いてくれ」

——ぱたたっ。

その瞬間、フィンの胸元に、何かの液体が散った。

「えっ？　あ、テイ……わっ」

「フィンさんっ、フィンさんっ！　フィンさんっ！」

「あっ、あっ、テイラーく……、ち、血がっ、んんっ」

逞しい体が、ずっ、と前屈みに近付いてきて、同時に挿入が深くなる。フィンは大した抵抗をする間もなく、既に万全の力を取り戻した肉棒で思う様尻穴を穿《うが》たれた。

「フィンさんっ、好きだっ、好き……っ」

本能のままに腰を揺すり、それしか知らないかのように「フィンさん」と「好き」とを繰り返すテイラーは、その形の良い鼻から、血を流している。俗に言う、鼻血だ。それでも止まることなく動き続けるその姿は、まるで本当の野生の獣のようで。

「んっ、テイラーくん……っ、いつでも、出していいからっ……ぁっ！」

両足をぱっくりと開かれ、男の欲望で貫かれ、それでも優しく髪を撫でる恋人に、テイラーは我を忘れたように腰を振りたくる。

「フィンさん、っ、めちゃくちゃ気持ち良いっ。なんで、こんなに、気持ちいいんですかっ」

その腕力でもってフィンの腕を引き、無理くり体を起こさせて、対面座位の格好に持ち込んで。初めての快感に混乱した様子で叫ぶテイラーに、フィンはできる限り優しく見えるように微笑んでみせた。

「あっ、……ん、そりゃあ、僕とテイラー、くんが……っ」

六つも離れた年下の子が、獰猛《どうもう》で、それでいて不安気な顔でフィンを見ている。大人のような、子どものような頬を、フィンは優しく挟み込んだ。

「愛し合ってる、……っ、から、かな」

言い終わるのと同時に、尻穴にまたも迸《ほとばし》りを感じて。

フィンは「うぅ、こんなん、保《も》たねぇっ」と自身の射精に対し悪態を吐く愛しい年下の男の頭を抱き寄せて、その額にキスを落としたのであった。

十八

「コートは、やっぱりこれじゃ薄いかな。もうちょっと分厚い……これか」

クローゼットから一番厚いコートを取り出して、羽織ってみる。少し重たくはあるが、北国の寒さを凌《しの》ぐにはこのくらい必要だろう。

並べていた薄手のコートをすべてしまって、旅行鞄《かばん》の口をしっかりと閉めて、フィンはぽんぽんと手を払った。

「よし」

準備は万端、と手を腰に当てていると、部屋の扉が「コンコン」と軽くノックされた。「はい」と答えれば、外側から勢いよく開く。

「フィンさん、準備できました？」

開いた扉の向こうから現れたのは、にこにこ笑顔を浮かべたテイラーだった。その青い目は、はち切れんばかりの期待できらきらと輝いている。まるで真夏の海のような爽やかな青を眺めながら、フィンは「あぁ」と力強く頷いた。

「ばっちりだ」

腰に手を当てたままふんぞり返ると、フィンを上から下まで眺めたテイラーが、デレデレと目尻を下げた。

「フィンさん、冬毛のヤマネみたい。可愛いですよ」

「冬毛……？　あぁ、まぁ、……そうだな」

一瞬不本意な評価に頬が引きつったが、自分の格好を見下ろしてみれば、フィンはたしかにもこもことした茶色い毛玉のような姿をしていた。なにしろ、下着を二枚と長袖シャツにニットベスト、ついでにカーディガンと厚手のコートまで着ているのだ。多少の着膨れはしょうがない。

「マフラーと耳当て、帽子も被ろうと思うんだが」

一応「大丈夫だろうか」という意味を込めて問うてみれば、テイラーは嬉しそうに「えぇっ」と声を上げる。

「フィンさんのマフラーと帽子、見たいです。見たい。絶対可愛い」

「可愛いかどうかではなく、防寒の観点から評価して欲しいんだが……」

意見を無視される形になって、フィンは一瞬唇を尖らせる。が、それはすぐに笑いの形に変わった。きゃっきゃとはしゃぐ恋人と同様、フィンもまた駆け回りたい気持ちで胸がいっぱいだったからだ。

「楽しみだな、旅行」

コートを脱いで鞄にしまいながらそう言うと、テイラーが「はい！」と嬉しそうに笑った。

テイラーとフィンは、今日から二泊三日で旅に出る。

――旅、とはもちろん、以前から計画していた「テイラーの実家への里帰り旅行」だ。「付き合って初めて旅行」「雪遊びを楽しむ旅」「立派なかまくらを作る旅」などなど、テーマは色々あるのだが、とにかく、旅行なのだ。

今日は空港から飛行機で移動して、電車を乗り継いで、テイラーの実家の最寄り駅まで、テイラーの叔父に迎えにきてもらう手筈だ。ほぼほぼ丸一日移動で潰れるが、その移動の時間すらもフィンは楽しみで仕方なかった。

「というか、あの、テイラーくん？」

「はい？」

「荷物、それだけ？」

手提げの旅行バッグをひとつ持ったテイラーは「え？　そうですよ」と不思議そうに頷いた。そして、フィンの足元に置いてあるデカい鞄を見て、ぎょっと目を見開く。

「なんですかその荷物の量」

「テイラーくんこそ、なんだその荷物の量は」

バッグの大きさだけでも、軽く倍は違う。フィンは必要最低限のものだけを詰め込んだつもりだったが、テイラーの最低限はさらにその下をいくらしい。

「むしろ何が入ってるの、それ」

「財布と、着替えと、ちょっとした洗面用具。それから、携帯電話に充電器ですね」

「そして……？」

「？　以上です」

お互いの間に妙な沈黙が流れる。

「しかも、それ……、上着はその一枚で行くのか？」

テイラーが羽織っているのは、そんなに厚さのないスタジアムジャンパー一枚だ。中に長袖は着ているようだが、およそ北国の冬を越せそうな格好ではない。

「え、はい。こう見えて暖かいんですよ」

いくら雪豹だとはいえ、寒くないのだろうかと窺うも、テイラーは「えっ、この服変ですか？」と服のデザインを気にしている。

種族も体質も性格も、旅行に持っていく鞄の大きさまで、どこまでも違う二人。だが、違うからこそ面白いのかもしれない。

「まぁ、テイラーくんがいいならいい。そろそろ出発しようか」

「はーい。あ、フィンさん、……んっ」

テイラーが、目と口を閉じて、唇を突き出してくる。

「はいはい、ん」

フィンはそれに応えるために同じく目を閉じて、ちゅっ、と唇を寄せた。触れるだけの軽いキスではあったが、テイラーは満足したように「ふふ～」と頬を綻ばせた。

「あっちでもいちゃいちゃできたらいいですね」

「あぁ、そうだな」

「いちゃいちゃ」はこういうキスだけではなくて、おそらく肉体的な行為も含まれているのだろう。テイラーの耳はピンと立って、その目は何かを期待しているように輝いている。

最初こそ、鼻血を出してがむしゃらな行為に終わったテイラーだったが、その後は徐々に、本当に徐々にだが落ち着いてきている。落ち着いている、というのは鼻血や獣性の表現化であって、行為そのものではない。相変わらず、テイラーは我を忘れるほど興奮してくれる。

むしろ自身との行為をそれほど楽しんでくれてありがとう、と言いたいくらいで。……というのを直接伝えてみたところ、その日の行為は数時間にも及び、体はテイラーの歯形だらけになった。

というわけで、テイラーはフィンとの「いちゃいちゃ」が好きだ。フィンも嫌いじゃない……どころか好きだと思っているので、ちょうどいい関係といえるのだろう。

「あ、時間。そろそろ出ましょうか」

ちらりと腕時計を見やったテイラーが声を上げる。スポーツタイプのゴツゴツとしたその時計は、彼の腕にとてもよく似合っている。

「うん」と頷いて足元の荷物を取ろうとすると、テイラーの腕がそれをさらっていった。

「ありがとう」

フィンからしてみれば大きな大きな鞄も、テイラーにとっては持つことになんの苦もないらしく「いいえ」と気軽な顔をして笑っている。どれだけ一緒にいても、行為の回数を重ねても、彼は変わらず優しい。

「さぁ～、すんごいかまくら作っちゃいますからね！」

「それは楽しみだ……けど、寒さに耐えられるか自信がない」

力こぶを作るように、むん、と腕を持ち上げるテイラーに、苦笑いを返すと、まだら尻尾がするすると伸びてきて、フィンの尻尾に絡みついた。

「大丈夫ですよ。俺がいますから」

すりすりと擦られて、きゅうと絡んで、テイラーは尻尾の先まで愛情表現を欠かさない。

フィンもまたお返しのように尻尾にきゅ、きゅ、と力を込めながら、並んでリビングを横切り、玄関に向かう。

「なら、安心だな」

窓の施錠や電気の消し忘れがないかを確認して、靴を履く。

「さて。戻ってくるのは明後日《あさって》の夜ですね」

「……うん、そうだね」

何気なくテイラーがこぼした「戻ってくる」という言葉が嬉しくて、フィンはさりげなく口を綻ばす。

テイラーは、夏に入る前にこの部屋に越してくる。「その前にご両親と弟さんに挨拶にいかせてください」と意気込んでいるが、同時に緊張もしているようで、その話をする時は尻尾の先がわずかに丸まっている。それでも「行くのだ」と固く拳を握っている姿は、頼もしくもあり、可愛くもある。

フィンは軽い気持ちで同棲を持ちかけたところがあったのだが、テイラーの方はどうやら「一生の約束」と思っている節がある。最近やたらフィンの左手を摑んだり、寝ている間に指に紐を巻いたり（あまりにもテイラーが「あれ？　こうか？　これで……」とぶつぶつうるさいので、目が覚めてしまったのだ）しているが、とりあえず、見て見ぬふりをしている。

一昨日《おととい》より昨日、昨日より今日、毎日楽しいことが起こりすぎて怖いくらいだ。イベントごとだけじゃない。ただ一緒に寝て起きて、揃って洗濯物を干して、ご飯を作りながら踊って、歌って、動物ドキュメンタリーを見て……そんな日々が、どうしようもなく楽しくて、愛おしい。

春になっても、夏になっても、秋になってまた冬が来ても。どれだけ季節が過ぎたとしても、一緒にいたい。

「夏になって冬が来て、また春になっても、一緒にいてくれるか？」

「もちろん、喜んで」

家の扉を開けて、外に出る。明後日になったらまた、この部屋に戻ってくるのだ。

二人の、この家に。

「いってきます」

二人揃って玄関に向かって声をかけて、扉をパタンと閉める。鍵をかけたら、雪降る世界に出発だ。

春めいた空気を確認するように「すん」と鼻を鳴らして、フィンはテイラーの左手を握りしめた。

一緒に雪を見に行こう

一日目

春。生きとし生けるものが生命の喜びを感じる季節。冬眠のある者は特に、その暖かい日差しを喜び、巣穴……つまり自分の家から出てくる。久しぶりに浴びる日光と新鮮な空気を堪能しながら、春の温《ぬく》もりを享受するのだ。

「ううぅ寒い」

……が、フィンは寒さに打ち震えていた。かたかたかたと震えるその首に、柔らかな手触りのマフラーが巻かれる。

「うう、うありがううとう」

「ううう」と言いたいのか「ありがとう」を言いたいのかわからない礼を伝えると、マフラーを巻いた人物……テイラーが「いいえ」と首を振った。

「大丈夫ですか？」

「あ、あぁ。夕方だけど、冷えるな」

「夜はもっと冷え込みますよ。あ、もうすぐ迎えの車が来ますから」

「うん。……あぁ、こんなに積もった雪を見るのは初めてだ」

フィンとテイラーは、小さな無人駅に立っていた。木造の吹きっさらしで、どこに立っていても冷たい風が吹き付けてくる。辛うじて屋根があるだけマシなのかもしれない。

「ここが、テイラーくんの地元なんだね」

「はい」

フィンの言葉に、テイラーが気恥ずかしそうに頷《うなず》いた。


冬眠休暇が明けてまだ一ヶ月と少し。フィンはテイラーと、彼の地元へ「旅行」に来ていた。職場に休暇申請の連絡をしたところ、意外にもあっさりと許可が出たからだ。

「冬眠で長々と休んだ上にすぐ休暇を取ってすみません」

と伝えると、上司であるレガットは「いやいや」と笑いながら首を振った。

「冬眠は冬眠。遊びの休暇じゃないんだから。クレイヴンくん真面目だからさ、たまには普通の休暇も取得してね」

なんて言った後、実は自身の母が冬眠のある種だったのだ、と内緒話のように教えてくれた。自分はその資質を引き継がなかったが、少しくらいは気持ちがわかるつもりだよ、と。

はっきり言って、これまで「調子のいい人」というイメージしかなかったので、その気遣いは意外だった。と同時に、相手の一面でしか判断しようとしなかった自分を反省した。

「美味《おい》しいお土産買って来ますね」

と伝えたところ「いやぁ、また太っちゃうかもなぁ」と冗談を言って、笑っていた。帰りの空港で、レガットが喜ぶ甘いものでも買っていくつもりだ。

——そうやって、計画して準備し、フィン達は雪国へ旅立った。最終的な目的地は、テイラーの生まれ育った村だ。期間は短く二泊三日。冬眠明けで体力を失っているフィンを気遣い、今回は雪遊びには興じずのんびりしよう、とテイラーが提案してくれた。計画の段階では「余裕があればスキーでも」なんて思っていたが、到着して早々にその気持ちは立ち消えた。

「やっぱり僕は、寒いのが苦手だったんだな」

かたかたと震える口元をマフラーで隠しながら、今さらの気付きを呟《つぶや》く。と、長袖にスタジャン一枚を羽織っただけのテイラーが楽しそうに笑った。

「はは。フィンさん、ふくら雀《すずめ》みたい」

「ふくら……」

フィンはテイラーと対照的に、もこもこに着込んでいる。長袖下着に長袖シャツ、ニットベストに厚手のカーディガン、そしてコート。さらに耳当てと、テイラーから提供されたマフラー。たしかに、ころころと丸い姿はふくら雀と称されても仕方ない。

「可愛《かわい》い雀さん、もっとこっちにおいで」

「うっ」

反論もできずに呻《うめ》いていると、テイラーに肩を抱かれた。体温の高いテイラーの体は、そばにいるとたしかに暖かい。フィンは恥ずかしさもなにもかも忘れて、テイラーにひしっと寄り添った。

「なんでこんなに薄着なのに元気なんだ」

「それはまぁ、雪豹《ゆきひょう》だからでしょうねぇ」

しがみつくように腰に手を回してぼやくと、テイラーはやはり楽しそうに笑う。フィンが寒がっている姿を面白《おもしろ》がっているというわけではなく、単純に、元気に満ち溢《あふ》れているのだろう。テイラーは雪豹。獣性的に、寒い方が体のコンディションが良いのだ。

と、ぴくりと耳を跳ねさせたテイラーが「あ、来ましたよ」と陽気な声を出した。

指差す方を見ると、白いバンが駅前の小さな駐車場に入ってくるところだった。雪を踏みしめるタイヤが、ギュギュ、ジャリジャリと音を立てる。

「おーい」

窓を半分ほど開けて、運転席の男が手を振っている。フィンはその人物を見てしばしばと目を瞬《またた》かせた。

というのも、この人物が……。

「驚いた。テイラーくんそっくりだ」

それはもう、驚くほどにテイラーそっくりだったからだ。暖かそうな帽子を被《かぶ》った白い髪に空色の目、人懐こそうな笑顔。少し歳《とし》を重ねたテイラーそのものだ。

「へへ。叔父のダンです」

たしかに、「駅から村まで行くのは徒歩では無理なので。叔父に迎えを頼んでおきました」と言っていた。

まさかこんなにそっくりだとは思わなかったが、と内心で呟きながら、フィンはテイラーに促されるまま車に乗り込む。乗るまでに二度ほど地面で滑ってしまったが、テイラーがその逞《たくま》しい腕で支えてくれた。

*

「改めてまして、テイラーの叔父のダンです。こっちが妻のミィナ。と、娘のキャロルと息子のクリスです」

順番に紹介されて、フィンはそのたびに頭を下げる。ダンはテイラーと同じ雪豹獣人。ミィナは北《きた》狐《きつね》の獣人らしい。それぞれにこやかに「こんばんは」と挨拶をしてくれた。

クリスもキャロルもダンの血を濃く受け継いでいるらしく、頭には小さく丸っこい豹耳が生えていた。二人とも丸い目をキラキラとさせながらフィンを見上げている。

「こんばんは」

怖がらせないように、と軽く膝を曲げて二人に挨拶をしてみる。と、二人は元気いっぱい「こんばんは！」と返してきた。どうやら二人とも人懐っこく、明るい性格らしい。特に弟であろうクリスの方は、興味津々といった様子でフィンの周りをちょろちょろと走り回っている。

「フィンさんはなんの獣人なの？　リス？」

「ヤマネだよ」

大きく丸い目で尻尾や耳を眺めながら問われて、フィンはゆったりとした気持ちで答える。

「へぇ！　そうなんだぁ」と楽しそうに笑ったクリスは「ねぇねぇ」とフィンのコートの裾を引っ張った。

「あのね、後で僕のソリ見せてあげる。パパと一緒に作ったんだよ」

「それは凄《すご》いね」

手作りのソリなんて、お目にかかったことがない。純粋に感心してみせると、クリスが「むふ」と息を吸い込んで背を反らせた。どうやら褒められて嬉《うれ》しいらしい。ふくふくと膨らんだ耳と尻尾がとても可愛い。

「やぁ、騒がしくてすみません。コートを脱いでゆっくりしてください」

ダンがコート掛けを指して、ついでソファの方に顔を向ける。ミィナは「寒かったでしょう。すぐに夕飯にしますからね」とキッチンの方へ引っ込んだ。キャロルが「ママのお手伝いする」とそれについていき、クリスは……変わらずフィンのコートの裾を摑《つか》んでいた。

「クリスくん、一緒に座っておく？」

「うん」

何故《なぜ》かわからないが、クリスはフィンに懐いてくれたらしい。ぺたりと寄り添うようにフィンにくっついていた。

「フィンさん、コートかけますよ」

「うん。ありがとう」

テイラーが、いそいそとフィンのコート掛けを引き受けてくれた。自身も上着を脱いで長袖シャツ一枚になる。いくらなんでもそれは寒くないか……、と言いかけてふと気付く。部屋の中は、雪の日とは思えないほど暖かかった。

「部屋の中は、とても温《ぬく》いですね」

思わずぽろりと感想を漏らしながら伝えると、テイラーが「そうでしょう」と頷く。

「こっちの方って、家の防寒がばっちりなんですよ。窓ガラスも分厚いし、暖房も各部屋にきっちりついてるし。ほら、玄関扉も二重になってたでしょ」

「あぁ」

思い返してみれば。外と繋《つな》がる扉を開けると、雪かきの道具等諸々置いてある広い土間があった。さらにその奥にある扉を抜けた先に、いわゆる普通の玄関があった。あれもつまり、寒さ対策の一環なのだろう。

「居住場所にはできるだけ外の冷気が入らないようにしてるんですよ。暖房器具も多いですしね」

「そうなんだね」

おかげで、家の中はこんなに暖かいのだろう。フィンは勧められたソファに腰掛けながら、部屋の奥にある大きな薪《まき》ストーブを眺めた。時折、パチッと薪の爆《は》ぜる良い音がする。

「あっちの家も、もう暖房をつけてあるから。暖かく眠れると思うよ」

テイラーに笑いかけながら、ダンが親指で窓の方を指す。テイラーは「うん。ありがとう」と頷いた。

「叔父さん、家の管理とか任せきりでごめん」

「いいや。俺たちこそ診療所をそのまま借りているようなものだからな。助かってるんだよ」

二人の話を聞きながら、フィンはちらりと窓の方を見やる。外は薄暗がりだが、広い庭の向こうにぼんやりと建物と看板が見える。

『クラーク診療所』

クラークはテイラーの名字だ。そう。窓の外に見える診療所こそが、テイラーの実家。「クラーク診療所」は、テイラーの両親が営んでいた診療所だ。

テイラーの両親は医者だ。小さな山間のこの村で、長年診療所を開いていたのだという。が、テイラーが進学で都会に出たのと同時に、診療所を手放し海外に渡航したらしい。弟……つまりテイラーの叔父であるダンに診療所を譲って。今は海外の貧しい地域で医療に携わっているのだという。テイラー曰《いわ》く「人助けが何よりの生き甲斐《がい》の人達」とのこと。

診療所の横には、こぢじんまりとした自宅がくっついている。ダン達はそこには住まわず、隣の敷地に新しく家を建てた。つまり、診療所に併設されたその家には、現在誰も住んでいない。テイラーの両親やテイラーが帰ってきた時に、寝泊まりに使う程度なのだという。

＊

夕飯をたらふく食べさせてもらい、クリスに手作りのソリを見せてもらって、キャロルにピアノを聴かせてもらう。ダンの家での交流を存分に楽しんでから、フィンとテイラーは診療所の横にある家へとやってきた。

「はい、どうぞ」

テイラーは慣れた手付きで家の鍵を開けて、フィンを招き入れた。

「お邪魔します」

やはりここも玄関は二重になっていた。二つ目の扉を抜けると、すぐに木の香りがするリビングに辿りつく。

「あったかい」

やはりこの部屋も、ほかほか暖かい。雪国はどこもかしこも寒いものと思っていたので、不思議な気持ちだ。フィンは毛糸のカーディガンを脱いで「ふぅ」と息を吐いた。

「ここがリビングで、奥がキッチン。どうぞ好きに使ってください」

「わかった」

テイラーが先立って、部屋を案内してくれる。トイレに風呂、立派な書斎。どこも綺麗《きれい》に整頓されていた。ダン達が診療の休憩に使ったりしているらしいので、埃《ほこり》を被っている感じはない。テイラーも、数ヶ月に一度は戻って掃除しているのだという。案内されながらきょろきょろとあたりを見渡していると、前を歩くテイラーが足を止めた。

「ここが、俺の部屋だったところです」

テイラーが開いた扉の向こうには、シンプルな部屋が広がっていた。ベッドに机、本棚とローテーブル。奥の壁にはクローゼットがついている。生活感はなく、長いこと部屋の主が不在であることを教えてくれた。けれど……。

「……うん。テイラーくんの匂いがする」

すん、と鼻を鳴らしてそう言うと、テイラーが「えっ」と焦った声を上げた。

「匂います？　く、くさいですか？」

「ふ、いや」

くんくん、とそこかしこを嗅ぎ出したテイラーを見て、フィンはゆったりと首を振った。

「僕の、大好きな匂いだ」

「え、あ」

正直に告げると、テイラーが呆《ほう》けたような声を出して固まった。フィンは「そうだ」と思いついて、そんなテイラーを見上げる。

「この部屋で寝るのっていうのは、駄目かな？　僕、テイラーくんの匂いに包まれていると、安心するんだ」

移動中の寒さにやられてしまったからか、なんだかいつもより体が重い。できれば大好きなテイラーの匂いに満ちたこの部屋で寝たいとねだってみる。と、「ううう」と獣のように唸《うな》ったテイラーが、ぐしゃぐしゃと白に近い金髪をかき乱した。

「ずるい、ずるいですよフィンさんっ。あぁもう、今日はゆっくり寝かせてあげようって思ってたのに、……だぁ！」

よくわからないが、葛藤しているらしいテイラーに「？」と首を傾《かし》げてみせる。

「迷惑だった？」

「迷惑じゃ、ないです。断じて」

テイラーが、大きな手のひらをフィンに見せるように翳《かざ》す。何かしら悶々《もんもん》と悩んでいるようだったが、最終的には「ここで寝ましょう」と高らかに宣言してくれた。フィンは嬉しくなって、にこ、と笑ってしまう。それを見たテイラーは、もにもにと口元を蠢《うごめ》かせてから「はぁ」と溜《た》め息を吐《つ》いたのであった。

部屋の掃除やベッドメイクを始めたテイラーに風呂に入るよう促され、しっかりと温まってから先にベッドに入った。

入れ替わりに風呂に入るテイラーに「俺が戻ってくる前に寝てていいですからね」と言われて、「うん」とは答えたが、フィンはちゃんと起きているつもりだった。しかし……。

（本当に、この部屋、安心するな）

フィンは枕に顔を埋《うず》めて、ゆったりと目を閉じた。この部屋は、どこもかしこもテイラーの匂いがする。テイラーはもう何年も前にこの家を出ているはずなのに、どうしてなのだろうか。

(染み付いているのかな)

うとうとと、夢と現実の間を彷徨《さまよ》いながら、フィンはそんなことを考える。

(いいなぁ)

眠気のせいだろうか、いつもよりも素直に「いいな、いいな」と羨望の気持ちが溢れてくる。

フィンは、テイラーの匂いが染み込んだこの部屋が羨《うらや》ましかった。机に座って勉強したり、ベッドでぐっすりと眠ったり、ローテーブルの前に座って本を読んだり。そうやってテイラーが過ごしてきた日々がたしかにあったのだ、とこの匂いを嗅いだだけでわかる。

(僕達の部屋にも……)

もうすぐ二人で暮らし始めるあのマンションにも、早くこんなふうにテイラーの匂いが染み込めばいいのに、と思う。そうすれば、彼がいない時にもフィンはぐっすりと安心して眠ることができるだろう。

(はやく……)

取り留めもなくそんなことを考えていると、思考がぼやぼやと霞《かす》んでいく。開いていたはずの目がゆるりと力を失って、いつの間にか目の前が暗くなって。

分厚い窓ガラスの向こうの音など聞こえるはずもないのに、しんしんと降り積もる雪の音を聞いたような気持ちになりながら。フィンはとろとろと眠りの世界に落ちていった。

二日目

ふ、と目を覚ます。一瞬、自分がどこにいるのかわからず、見慣れぬ天井にぎょっとしてしまった。

「……？　あ、そうか」

肩までしっかりとかけられた布団の香りを嗅いで、ここがテイラーの部屋だったことを思い出す。

フィンは「ん」と伸びをして、ベッドから下り立った。

「テイラーくん？」

恋人の名前を呼んでみるが、返事はない。シーツに手を当てても、フィンの分の温もりしか残っていなかった。

借りていたもこもこ素材のスリッパを履いて、てくてくと家の中を彷徨う。……が、どこにもテイラーが見当たらない。

不安に思ってうろうろしていると、窓の外から明るい笑い声が聞こえてきた。フィンはカーディガンを羽織ってから、外に出る。

「……っ、う」

あまりの寒さに、喉が「ひゅ」と情けない音を立てる。雪が降っているわけではないが、足元には相変わらずこんもり積もっている。一応、家の前までは雪を避けた道ができているし（テイラーが雪かきでもしたのだろう）、隣のダンの家までの道もある。が、フィン一人だと滑って転んでしまいそうな予感がして、玄関先でうろうろと行ったり来たりすることしかできない。

「あ！　フィンさん、目が覚めました？」

「フィンさん、おはよぉ」

と、右手後ろから声がかかった。振り向けばそこには、テイラーと、それからキャロルにクリスもいた。皆温かそうな格好をして、手には各々の体に見合った大きさのシャベルを持っている。

「テイラーく……、くしゅっ」

名前を呼びかけて、くしゃみが出る。すると「あぁ、あぁ」と声を上げたテイラーが、大股で近付いてきた。

「そんな寒い格好で」

テイラーは、自分の帽子を取ると手際良くフィンの頭に被せてくる。そして羽織っていたダウンコートもまたあっさりと脱いで、フィンの体を覆うように羽織らせてくれた。

大きすぎて、だぼっとなってしまった袖の先からちょこんと手を出して、フィンは「寝過ごしてしまって、申し訳ない」と謝った。

「いや、まだ十分朝早いですよ。フィンさん、やっぱり寒いのきついんですよね？　無理せずゆっくりしててください」

はぁ、と白い息を吐きながら鼻の下を擦《こす》るテイラーの方が、なんだか申し訳なさそうに眉を下げている。

普段、フィンはどんなに遅くとも外が明るくなる前には起き出す。この時間になるまで目覚めなかったということはつまり、フィンの体が睡眠を求めているということだろう。それこそ、冬眠の時のように。

フィンはテイラーの心配そうな目から顔を逸《そ》らすことなく、素直に頷いた。

「うん。無理はしないでおこうかな」

問題ない、と嘘《うそ》を吐くこともできた。昔の自分ならなんでもない様子を取り繕ってそう言っていただろう。きつくなんてない、眠くなんてない、と。けれど、テイラーにはそんな意地を張る必要がない。辛《つら》ければ辛いと、素直に訴えられる。

「ところで、何をしていたんだ？」

「あ、それは……」

「かまくらぁ！」

「かまくらだよ！」

テイラーが答える前に、元気な声が答えを教えてくれた。キャロルとクリスだ。彼らの背後には雪の山ができている……が、かまくららしいものは見当たらない。雪山の前には、長方形の形をした雪の塊が綺麗に並んでいるだけだ。

「あぁ。ブロック型のかまくらなんです」

テイラーはざくざくと雪の上を歩いて、雪の塊を掴むと「よいしょ」と持ち上げた。そしてキャロル達に「雪と水を頼む」と言うと、ブロックを綺麗に並べ出した。キャロルは、小さな手持ちのシャベルを使ってブロックとブロックの隙間に手際良く雪を詰めていく。クリスはその上にバケツから掬《すく》った水をかけていた。

「こうやってブロックを円形に並べて、ずり落ちないように固めながらかまくらを作っていくんですよ。ブロックはあらかたキャロルとクリスが準備しててくれました」

「うん！　へへ、テイラー兄ちゃんが帰ってくるって言ったから、いーっぱい作って待ってたんだよ」

「へぇ……！」

かまくらといえば雪を積み上げて穴を掘るもの、と思っていたフィンは驚いて目を見張る。

「兄ちゃんはかまくら作りがめちゃくちゃ上手なんだ」

「でっかくてね、全然崩れないんだよ」

キャロルとクリスが興奮した様子で教えてくれる。見れば、テイラーはあっという間にブロックを積み上げている。フィンにコートを貸してくれたのでトレーナー姿だが、服越しでもその分厚い筋肉ははっきり見て取れた。その筋肉でもって、テイラーはそれなりの重さがありそうなブロックをさくさく組み立てていく。

ブロックが足りなくなると、そばに置いてあった長方形の箱に雪を詰め込みだした。そこにぎゅっぎゅっと雪を詰めて、しっかり踏み固めてから、ひっくり返して長方形になった雪の塊を取り出す。どうやらブロックはそうやって作るらしい。

「僕も手伝……くぁ」

自分も何かやってみたくて、フィンは手を上げる。が、最後まで言い終える前にあくびが出てしまった。むにむにと口を動かしていると、テイラーが楽しそうに笑った。

「フィンさんはまずゆっくり朝ご飯を食べて、それから、出てこられそうだったら手伝いに来てください」

フィンの気持ちを慮《おもんぱか》ってくれている言葉に、フィンは「うん、わかった」と頷く。

「あり……、ふぁ、とう」

ありがとう、と言いかけてしぱしぱする目を擦る。と、またもあくびが出てしまった。

生理的な涙を拭っていると、くん、とテイラーに借りたコートの裾が引っ張られる。

「ん」と見下ろすと、シャベルとバケツを手にしたキャロルとクリスが心配そうにフィンを見上げていた。

「フィンさん、きついの？　大丈夫？」

「うん、ありがとう。大丈夫だよ」

素直で可愛い彼らと目線を合わせるように、膝を曲げて座り込む。それぞれの頭をひと撫《な》でしてから、フィンは意識して頰《ほお》を持ち上げた。

「後で、また遊んでくれる？」

そう尋ねてみると、二人はほわほわ毛の豹耳を跳ねさせて「うん！」と元気よく頷いた。背後の尻尾がぴこぴことリズミカルに右左に揺れていて、とても愛らしい。

フィンはコートと帽子をテイラーに返してから、大人しく部屋の中に戻った。二重扉の玄関を過ぎると、ほこほことした暖かさに体を包まれた。頰がほかほかと温かくなり、尻尾の先までしびびっと震えが走る。

テイラーが用意してくれていた朝食（パンにソーセージにサラダ。それに暖炉にかけられたスープまであった）をのんびりと食べて、ソファに腰掛ける。庭に面した大きな窓からは、雪を掘りながらはしゃぐテイラー達が見えた。キャロルがテイラーの腕にぶら下がると、クリスも「ぼくも」というようにテイラーに腕を伸ばす。左右の腕に二人を下げてぐるぐると回りながら、テイラーが大きく口を開けて笑う。

（あ……、これすごく、幸せだ）

フィンはソファの背もたれにずぶずぶと身を沈ませる。ゆったりと力を抜いて軽く目を伏せると、キャロルとクリスの高い笑い声が耳に響いた。

テイラーの自室ほどではないが、リビングもまた彼の匂いに満ちている。膨れた腹に手を当てながら、フィンは目を閉じた。

（本当に、来て、良かったなぁ）

雪国に来るにあたって、まったく不安がないわけではなかった。冬眠のある種族なので寒いのはやはり苦手だし、自分の体がどう変化するのかも定かではなかったからだ。

まさか冬眠のある種族の自分が、雪に囲まれてこんなに幸せな気持ちになれるとは思わなかった。

「これも、テイラーくんの、おか……」

げ、と言い切る前に、フィンはすぴすぴと安らかな寝息を立てていた。

＊

「フィンさん」

優しく名前を呼ばれて、ん、と喉を鳴らす。ゆっくりと瞼《まぶた》を持ち上げると、まず、空色の目が見えた。そして白に近い金髪に、同じくきらきらと淡い色の耳。フィンはぼんやりとした気持ちのまま、その耳に手を伸ばす。

丸っこい耳の毛はふんわりとしていて手触りがいい。指で挟んで擦ると、こりこりと独特の感触がある。

親指、そして人差し指と中指で揉《も》み込むようにもにもにと撫でていると、耳の内側が桃色に染まっていった。と、「あのぅ、フィンさん」と情けない声に名を呼ばれる。

「気持ちいいんですけど、そんなされると、その」

「……ん？」

気が付くと、ふに、と下唇を食《は》まれていた。柔く数度噛《か》まれて、ついで、ちゅうと吸われる。んん、と抵抗するように首を振るが、それを封じ込めるように伸びてきた手に両頬を優しく捕らわれた。熱い舌に唇を割り開かれ、緩んだところに侵入される。ちゆ、ちゅ、と舌先を吸われて、フィンの意識がようやく覚醒してきた。

「ん、ぁ……テイラー、くん？」

吐息の合間に名前を呼べば、テイラーが音を立てて唇を離す。

「目、覚めました？」

艶々と光る唇が笑みの形を作る。フィンはぎくしゃくと目を逸らしながら「あぁ、うん」と小さく頷いた。多分、頰が赤くなっている気がする。

「かまくら、出来上がりましたよ。昼間の暖かいうちに見る方がいいかなって、起こしちゃいました」

すみません、と謝られてフィンもまた「いや、こっちこそごめん。ありがとう」と、謝罪と感謝を返した。

「姪御《めいご》さんたちは？」

「あぁ、二人ともスケートしに学校に行きました」

「スケート？　学校に？」

「ええ。今の時期、校庭に水を撒《ま》いてスケートリンクを作るんですよ」

「へぇ」と感心して頷きながらゆったりと体を起こす。時計を見ると、ちょうど昼過ぎだった。数時間は眠っていたらしい。

テイラーに手を引かれて立ち上がり、コートを羽織らされマフラーを巻かれて。フィンはされるがまま、大人しくそれらすべてを受け入れた。

庭に出て、フィンは思わず「わっ」と声を上げてしまった。そこには、本当に立派なかまくらが出来上がっていたからだ。ブロックで作ったからか、全体的にごつごつしていて、よく想像する「丸っこいかまくら」より頑丈そうに見える。

「かまくら作るのが得意って言ってたの、本当だったんだな」

そういえば以前そんなことを言っていたな、と思い出しながらテイラーを見上げる。と、テイラーが鼻の下を擦った。

「へへ。小さい頃から山ほど作ってましたからね。フィンさん、中にどうぞ」

「あぁ。お邪魔します」

腰を屈《かが》めて、入り口から中へ入る。

「わ、……ちゃんとしてる」

風が凌《しの》げている分、中は外より若干暖かい。中央には、木箱を使ったテーブルと椅子が設置されており、火の灯《とも》された蠟燭《ろうそく》もある。手狭ではあるが、十分快適そうだ。

「ここ、フィンさんの席です」

ぽんぽんと木箱を叩《たた》かれて、大人しくそこに腰掛ける。と、テイラーが膝にブランケットをかけてくれた。

「なにからなにまで……、ありがとう」

「いえいえ。あ、ちょっと待っててくださいね」

待ってて、と言ってかまくらの外に出たテイラーは、すぐに戻ってきた。手には、湯気を立てるコーヒーに、サンドイッチが載ったトレーを持っている。

「昼飯、ここで食べましょう」

テイラーの提案に、フィンはにこりと微笑《ほほえ》んで「すごく素敵な提案だ」と返した。


二人並んでサンドイッチを食べながら、色々な話をした。主には、テイラーの昔話だ。やれ、庭の雪山に飛び込んで下にあった石で怪我《けが》をしただの、雪にシロップをかけて食べようとしただの、かまくらで暮らそうとして風邪をひいただの。

「ふっ。やんちゃだったんだな、テイラー少年は」

笑いすぎて目尻に浮かんだ涙を拭いながらそう言えば、テイラーは「そうかもしれません」としたり顔で頷いた。

「『うちで一番治療してる患者はお前だな』とよく両親に言われました」

「ははっ……、っと」

手にしていたコーヒーをこぼしそうになって、テイラーが支えてくれる。二人で顔を見合わせて笑い合った。

「面白いご両親だね」

「はい。面白い人達だと思います」

そう言ってひと口コーヒーを飲んだテイラーが、なにかを思い出すように遠くの方を見ながら、腕を組んだ。

「本当は、俺にこの診療所を継いで欲しかったみたいなんですけど……。俺が『なりたいものがある』って言ったら『わかった』ってあっさり諦めてくれました」

「そうなんだ」

「はい。それで、自分達もかねてからの夢だった海外に行く、って。俺が高校の寮に入るより先に行っちゃいました」

テイラーより早く、というところに思わずぱちぱちと目を瞬かせてしまう。と、テイラーが「定期的に連絡は取ってますけどね」と微笑んだ。

「そういえば、テイラーくんはこっち……、地元で消防官になろうとは思わなかったの？」

疑問に思っていたことを問いかけてみる。と、テイラーは迷いなく「はい」と頷いた。

「俺が目指していた部隊が、あっちにしかないので」

あっち、というのは、テイラーやフィンが住まう街のことだろう。中心部からは少し離れているが、二人が住んでいるのはこの国の都だ。フィンは元々都の出身だが、テイラーのように就職や進学で住む者も多い。

（消防官の中でも特別な部隊、ってことなのかな）

テイラーの仕事の内容や、目指すものについて詳しく話し合ったことはなかった。だが、彼が情熱を持って仕事に取り組んでいることはわかっていた。

テイラーは本当に、夢のためにこの雪国から身ひとつで出てきたのだ。

「……格好いいな」

心からそう思って呟くと、テイラーが照れたように「そうですか？」と頭をかいた。見た目だけじゃない、テイラーは本当に格好いい。フィンは心からそう思って、テイラーに寄り添うように身を傾けた。

「フ、フィンさんに格好いいって言われると、こう、尻尾がしびしびしびします」

「しびしび？」

聞き慣れない言葉に顔を上げて、ついで身をよじってテイラーの尻尾を確認する。と、たしかに尻尾が「しびしび」していた。毛をぼわぼわと逆立てて、痺《しび》れたようにびびびっと小刻みに震えている。

「これは、……嬉しいってこと？」

「これは、嬉しいってこと、です」

テイラーに体を預けたままその顔を見上げると、大きな手で口元を覆った彼は、赤い顔をして俯《うつむ》いた。フィンはぽかんと口を開けて、そして、相好を崩す。

年下の恋人が、格好よくて、それでいて可愛くてたまらなかった。

夕飯は今日もダンの家で一緒に食べさせてもらった。本当は自分達で食料を調達して食べるつもりだったのだが「是非」と誘われたのだ。キャロルとクリスに涙目でお願いされたら無下にはできない。地元の食材をふんだんに使ったシチューに、大きな窯で焼いた鶏《とり》料理、この地域の保存食である魚の燻製《くんせい》に野菜の漬け物。そして、キャロルとクリスが作ってくれたというプディング。どれもとても美味しくて、食べすぎてしまったくらいだ。

せめてものお返しにと、テイラーは家の前の雪かきを行い、フィンもキャロルやクリスとたくさん遊んだ。

＊

キャロルとクリスに見送られながら、診療所の方の家に帰って。今日は一緒に風呂に入ることにした。

冬眠時の名残か、風呂に入ると必ずテイラーはフィンの髪を洗う。丁寧にブローまでしてもらってから、フィンはテイラーと共にベッドに入った。今日も、テイラーの部屋での就寝だ。

「俺の部屋でいいんですか？」

どこか照れたようにそう言うテイラーに、フィンは「テイラーくんの部屋がいいんだよ」と返した。

「すごく安心する。この部屋丸ごと持って帰りたい」

正直にそう言うと、テイラーがなんともいえない顔をして、フィンの体に手を回してきた。

「ちょっと眠そうな顔でそういうこと言うの、反則。反則、反則です」

反則を三回もくらってしまった。何かしらのスポーツなら退場ものだろう。フィンは笑って、テイラーを抱き返す。

「じゃあ、この部屋で冬眠したい」

「……む。ほらでも、本物の俺がいた方がいいでしょう？」

なにやら口を曲げたテイラーが「ね、ね」と言いながらフィンの体を優しく撫でた。とんとんと背中を叩いて、額に優しく口付ける。

「うん。そりゃあ本物のテイラーくんは、何より魅力的だけど……」

素直に気持ちを伝えると、テイラーがもぞもぞと足を動かした。そして、フィンの体をガッと挟み込む。

「ぅわっ」

驚いて声を上げると、ぐるん、と視界が巡る。横を向いていたはずが、体は仰向《あおむ》けになって、のしかかってくるテイラーを見上げていた。

「テイラーくん？」

「フィンさん、……もう、フィンさん」

はぁ、と重たい溜め息と共に名前を呼ばれる。そしてそのまま、降ってきた唇に唇を塞がれた。

「テイ……、む」

ちゅ、ちゅうと唇を吸われて、思わず軽く口を開いてしまう。と、するりと侵入してきた肉厚の舌に、口腔《こうこう》内をぐちゅぐちゅとかき回された。

「ん、ふ」

噛み付くようにキスをされて、舌の先をかじかじと甘噛みされて、上顎を舐《な》められて。一瞬抵抗しようかと手を持ち上げたが、やめた。その代わりに、腕をするりと彼の腰に伸ばす。

「……っ、フィンさん」

テイラーの尻尾の付け根をくすぐるように撫でてみる……と、唇を離したテイラーが歯を食いしばるように呻いた。

「したい？」

何を、とははっきり言わず囁《ささや》くように問いかけると、腕に、ふわふわとする何かが巻きついた。テイラーの尻尾だ。

「はい。めっ……ちゃくちゃしたいです」

獣のような目で見つめられたまま断言されて、フィンは「ふ」と吹き出してしまった。

尻尾が巻きついたままの腕で、自身の寝巻きのボタンに指を伸ばす。と、尻尾が、ぐい、と腕を吊《つ》り上げた。

「フィンさん疲れてるでしょう？　今日は俺にさせてください」

「……ん、あぁ」

頷くと、にこりと微笑んだテイラーが身を起こし、着ていたシャツを勢いよく脱ぎ捨てた。現れた逞しい上半身を下から眺めて、何故かドキドキと胸が高鳴る。ボトムも脱いで下着一枚になったテイラーが、余裕ありげな表情でフィンを見下ろす。そして、ちゅ、と頬に口付けながら、器用にフィンの寝巻きのボタンを外していった。

（う……まくなったなぁ）

寝巻きを脱がされながら、フィンは感慨深くそんなことを考える。

初めて行為をした時はガチガチに緊張していた……上に鼻血まで出していたテイラーだったが、この一ヶ月でめきめきと成長している。初めはフィンがリードするばかりだったが、今は、こうやってテイラーが主導権を握ることも増えてきた。

温い手が、もに、と胸元全体を揉み込む。親指の先で乳首をこねられて、フィンは思わず「あ」とか細い声を漏らした。

「フィンさん、おっぱい、触られるの好きですよね」

「や……」

確認するようにそんなことを言われて、フィンは頷くこともできず、わずかに視線を逸らした。しかし顔を背けようと、テイラーのいたずらな手は止まらない。親指と人差し指で優しくつまみ上げられて、思わず浮かせてしまった胸元に、テイラーの頭が下りてくる。

「ふっ、うぅ」

じゅっ、と強く吸われたかと思えば、ちろちろとくすぐるように舐められて。フィンの息が段々と上がっていく。

「テイラーく……、んっ？」

無意識のうちにゆるゆると揺らしていた腰を、ぐんっ、と持ち上げられた。自然と開いた足の間に、テイラーが身を割り込ませてくる。ちょうど、テイラーの股間と持ち上げられたフィンのそれが当たるような体勢だ。

「あっ、……もう、硬い」

会陰のあたりに、テイラーの陰茎の存在を感じる。自分とテイラーの下着二枚越しに触れたそれは、既に硬く反り上がっていた。ちらりと見下ろせば、下着の上部分がグッと持ち上がり、隙間から陰毛と亀頭の先が覗《のぞ》いている。

「そりゃあ勃《た》ちますよ、こんなん見てたら」

身を起こしたテイラーが、フィンの胸元を摑む。テイラーの大きな手の中で胸の肉が寄って、ふっくらと膨らんだその頂《いただき》。そこに、薄桃色をした突起が存在を主張するように立ち上がっていた。舐めしゃぶられたせいで、乳輪から何からやけに艶々としている。

「これは……、ちょっと恥ずかしい」

自分の胸ながらなんだか妙に生々しくて、見ていられない。腕を交差させて目の上に持ってくると、腰を揺すられた。

「はっ、フィンさん、可愛い」

テイラーの硬い陰茎が、会陰から陰嚢《いんのう》の間、そして勃ち上がった陰茎の裏筋をぐっ、ぐっ、と押し上げてくる。間接的なその快楽に、フィンは「ひぁ」と高い声を上げた。

「お尻、解《ほぐ》していいですか？」

「ん、うん」

答えると、テイラーがフィンの腰を持ち上げたまま「よいしょ」と枕元に手を伸ばす。ぼんやりと見ていると、ベッドヘッドの引き出しからローションが出てきて、思わずギョッとしてしまう。

「え、あ……いつから、入ってたやつ？」

「え？　昨日のうちに準備してたんです。まぁ……使う前に寝ちゃいましたけど」

「そっか」

なんとなく、ほ、と息を吐く。すると今度はテイラーが不思議そうに首を傾げた。

「何か気になりました？」

「あ、や……」

言おうか言うまいかとしばし考えて、フィンは恥ずかしさで首を項垂《うなだ》れさせながらぽそぽそと呟いた。

「もしかして、……もしかして、前に誰かと、この部屋で使ったやつだったらどうしようって」

一瞬も一瞬、ほんのちょっとだけだがそんなことを考えてしまったのだ。テイラーがここに住んでいたのはもう何年も前だし、当時使っていたそれを今使うなんて有り得ないこととわかっているのに。

いや、それよりなによりそもそも……。

「いや、俺の童貞貰《もら》ったのフィンさんでしょう」

「……はい、あの、その通り」

ごもっとも、とこくこく頷くと、ローションの蓋を開けて中身をとろりと手にこぼしたテイラーが、ふふ、と笑った。そのまま、フィンの下着を足で脱がして、尻に手を伸ばしてくる。湿った感触に、フィンは「ん」と唇を噛み締めた。

「何を言い出すかと思えば」

呆《あき》れたようにそう言いながら、テイラーは手際よくフィンの中を解していく。ごつごつとした無骨な指が、一本、二本、とフィンの中を擦る。

「ん……あっ、自分でも、おかしいってわかってる。ごめん、ふっ、変なこと言って」

自然と漏れてしまう喘《あえ》ぎ声の合間に謝罪を挟んでから、フィンは「なんか」と続けた。

「ん、テイラーくんに関すること、だけ、……僕は、変になってしまう」

普段は、どちらかというと冷静な方だと思う。職場でも「ピシッとしてるよね」とか「真面目で冷静」と評されることが多い。こんなふうに笑えるくらい間抜けなことを言ってしまうのは、テイラーの前でだけだ。

「多分、テイラーくんのこと、好きすぎて……、んんっ」

瞬間、穴の中から、じゅぽっ、と勢いよく指を抜かれた。その衝撃で、尻尾と尻がびくびくっと跳ねてしまう。が、本当の衝撃は、その後に待っていた。

「……フィンさんっ」

「あっ、えっ？　待って、まっ……」

名前を呼ばれると同時に、尻穴にどくどくと脈打つ熱い塊を感じて、焦って「待って」と頼むが、止まらず。

「っ、ぁあー……っ！」

一気にその先端を尻穴の中に挿《い》れられてしまった。尻穴の縁が抵抗するようにひくひくと収縮を繰り返すが、もちろん熱い陰茎は出ていきやしない。

「っ、ほんと、ほんとにもう……っ、フィンさんはっ」

切羽詰まったような声で名前を呼ばれ、「は、ふ」と息を吐きながらテイラーを見上げる。どこか責めるような色を含んだその目に射抜かれて、フィンはへにょりと耳を伏せる。

「僕、なにか、怒らせ……、ぁんっ」

と、がばりと抱きしめるように肩を抱かれて、そのまま身を起こされる。あぐらをかいたテイラーの上に、乗っかるような形だ。自重により、陰茎がより深いところまで入ってきて、フィンは背を仰《の》け反《ぞ》らせながら「あぁっ」と喘いだ。

「可愛くて、可愛くて、可愛すぎてっ」

声に合わせるように、ずっ、ずんっ、と下から突かれて、フィンはほろほろと涙をこぼす。苦しいのではない、気持ち良すぎるのだ。最近すっかり馴染《なじ》んだテイラーの陰茎は、フィンの気持ちのいいところを見事に擦ってくれる。擦って、突いて、こねられて。フィンはテイラーの逞しい首に縋《すが》りついた。

「俺なんて、もうとっくにおかしくなってます……よっ」

「ひっ、ぁあっ！」

ぐちゅっ、と、穴の奥を突かれて、腰が逃げる。が、それを許さないとでもいうように、テイラーの大きな手に体丸ごと抱きしめられて。穴の深いところから快感が染み出して、ぞぞっ、と背筋を走っていく。ぶるぶると全身が震えて、つま先がピンと立ち上がる。尻尾の毛が、一本残らずすべて逆立っているのがわかった。

「は、は、……う？」

ぎゅうと抱きしめられたまま動きが止まった。これ幸い、と荒い息を整えるために息を吸う……と、わしっ、と両頬を摑まれた。そのまま上向けられて、テイラーと正面から目が合う。

「大好きです」

「う、……あ」

真っ直《ます》ぐな目と真っ直ぐな言葉。飾り気のないその思いは、フィンの耳から心の中にすとんと滑り落ちる。そして、フィンの胸の内を、ちりちりと熱く焦がす。

「僕も、好き、……大好きぃ」

恥ずかしさで、頬が燃えるように熱い。しかし、言葉は止まらない。「好き」「テイラーくんが好き」と繰り返していると、テイラーがまたゆるゆると腰を動かした。先程より性急ではなく、ねっとりと、フィンの奥を味わうかのようにゆっくり。

「フィンさん、っ、フィンさん」

「ん、ん……、あっ、テイラー、くん」

喘ぎ声しか出ない口を噤《つぐ》んで、す、と鼻から空気を吸う。と、テイラーの匂いが鼻腔を満たす。

テイラーの腹筋に擦り付けられたフィンの陰茎は、とろとろと先走りをこぼし続けている。亀頭が小刻みに震えて、今にも射精してしまいそうだ。

「テイラーく、ぼく……も、でるぅ」

正直にそう言うと、フィンの髪をかき乱したテイラーが「いって、ください」と食いしばった歯の隙間からこぼすように告げた。どうやら、彼も限界が近いらしい。

「あっ、い、く……いく、あぁ……っ！」

気持ちのいいところをテイラーの陰茎の、エラの張った硬い部分で擦られて、フィンは足先を伸ばしたり丸めたりしながら、思い切り吐精した。ぴゅっ、ぴゅ、と数度に分けて吐き出されたそれを、テイラーは自らの腹筋に押し当てるようにして受け止める。そして、テイラーもまた「うっ、く」と呻きながら、フィンの中に精を吐き出した。

「あ、あっ、中、熱い……ぁ」

じわじわと広がる熱を感じながら、ぶるっ、と体を震わせる。くたりと力を抜いてテイラーに寄りかかると、彼の心臓が、どっ、どっ、と脈打っているのがわかった。多分、フィンの心臓も早鐘を打つように忙しく鳴っているのだろう。

フィンはテイラーの肩口に鼻先を当てて、すんすん、と匂いを嗅ぐ。汗ばんだ肌の匂い、本物の、テイラーの香りだ。

「やっぱり……」

「ん？」

小さな声で呟くと、今まさにフィンの中から陰茎を引き抜こうとしていたテイラーが首を傾げる。

「部屋じゃなくて、本物のテイラーくんが、一番だなぁ」

へにょ、と気の抜けた笑いを見せながらそう伝えると、テイラーの豹耳の毛がぶわっと逆立った。そして、テイラー自身も「あ、う」と意味不明な言葉を漏らして、へろへろと倒れ込む。もちろん、抱きしめられているフィンも道連れだ。

「んっ、テイラーくん？」

未だ抜かれていない陰茎が尻穴の中で蠢いて、変な声が出てしまう。ベッドに転がったテイラーはフィンを抱きしめたまま、「ううう」と唸っている。

「もっかいしたいです」

「え？　んー……」

元気なテイラーの発言に、やはり若さ故だろうか、とフィンは目を瞬かせる。付き合ってあげたいが、雪の中にいたせいか、体がついていく自信がない。

「二回目は、あの、……ここに挟むやつでいい？」

テイラーの手を持って、自分の太ももの間に挟み込む。挿入はきついかもしれないが、素股なら大丈夫だろう、という自分への配慮の結果だ。

……と、テイラーが反対の手を額に当てて、天を仰いだ。

「あ、嫌なら……」

「嫌なわけないです！　ありがとうございます！　お願いします！」

駄目だったろうか、と願いを取り下げる前に、大きな声で礼を言われてしまった。その勢いに、フィンは思わず笑ってしまう。

さすがに恥ずかしかったのだろう、頬を赤くしたテイラーが「がっついててごめんなさい」と眉根を下げる。

フィンは「いや」と首を振りながら、意識して口端を持ち上げた。

「僕も、テイラーくんとするの、大好きだから」

こっそりと内緒話をするように耳元に囁いてみると、テイラーがまたもや「ううう」と唸った。もはや野生の獣のようだ。

フィンは獣の頭をよしよしと撫でてやりながら前髪をかき上げ、その額に口付けをひとつ落とした。

三日目

来た時と同じように、駅までは、ダンの車で送ってもらうことになった。違いといえば、キャロルとクリスも一緒に乗っていることだ。二人は、早朝にもかかわらず、眠い目を擦りながらついてきてくれた。テイラーとフィンとの別れが余程寂しいのだろう。

クリスは車中で何度も、フィンに「また来てくれる？」と尋ねた。その都度「うん。また来るよ」と答えてやると、安心したように耳をぱたぱたと跳ねさせる。可愛いことこの上ない。

駅に着いてから、今度はキャロルがフィンの足に抱きついてきた。どうやらクリスより年長者として我慢していたらしいが、彼女も彼女なりに寂しさを感じていたらしい。

無言で、ぎゅ、と足にしがみつく彼女の頭を撫でてやってから、フィンは「また来るね」と約束の言葉を投げかけた。

「や、最後まで大騒ぎですみません」

電車を待つ吹きっさらしのホームで、テイラーが申し訳なさそうに頭をかく。フィンはそれを見上げて「いや」と首を振った。そして、別れの場面を思い出して、ふふ、と笑う。

「最後は……うん、凄かったな」

　途中までは「また来る」の約束で納得していた二人だったが、最終的には、テイラーによじ登って「帰りたくない」「ついていく」と泣き出した。わんわんと、それはもう二人揃《そろ》って大泣きだ。結局、ダンが両腕に抱えて回収することで、どうにか事態を収拾させた。

「けど、可愛かった。可愛くて、別れが切なくなったな」

　たしかに大騒ぎだった……が、フィンにとってみればそれもまた楽しい旅の思い出だ。テイラーの身内にそれだけ懐かれて、嫌な気持ちになるわけがない。

「そういえば……」

　キャロル達がテイラーによじ登っている間に、フィンは「フィンさん」とダンに声をかけられた。少しだけ改まった表情をしたダンは、本当に、テイラーによく似ていた。何事かと思って見上げると、ダンは大きな体を縮めるようにして頭を下げてきた。

『テイラーを、……甥を、よろしくお願いします』

　ダン達に、二人の関係をはっきりと告げてはいない。もしかしたら「恋人」と察していたかもしれないが、ダンもミィナも、直接問いかけてはこなかった。

　ただそのひと言だったが、その言葉に色々な思いが込められている気がして、フィンはしっかりと頷きながら「はい」と答えた。

フィンの答えを聞いて微笑んだダンの顔は、やはりテイラーによく似ていた。

「フィンさん？」

テイラーが不思議そうに問いかけてくる。

「……あ、いや」

ぼんやりと思い出していたせいで、言葉が途中だったことを失念していた。フィンは軽く咳払《せきばら》いしてから、空を見上げた。

真上には、すっきりとした青空が広がっている。まだまだ雪は残っているが、この地域にももうすぐ春がやってくるのだろう。

「また、来たいな……って」

ダンの言葉は伏せたまま、しかし、心からの思いをテイラーに告げる。と、数度瞬きをしたテイラーが、にっこりと微笑んだ。それこそ、まるで雪解けの春のように、柔らかく、暖かく。

「はい。雪が溶けたらまた来ましょうか」

「うん。暖かくなったら、また」

テイラーとの未来に「また」があることが嬉しい。「また」いつか、フィンはきっとテイラーとこの駅を訪れるだろう。

その日を楽しみにしながら、フィンは荷物を持つのとは反対の手を、テイラーの手に重ねる。その手はすぐにテイラーのそれに包み込まれて、溶け合う雪のようにひとつになった。

幸せをプレゼント

「どうしようかな」

思わずポツリとこぼした呟《つぶや》きに、意外と耳聡《みみざと》い上司のレガットが「なになに、どうしたの？」と自身のデスクから身を乗り出して問うてくる。フィンは「しまった」と思いながら、バツが悪い気分で二、三度ぴぴっと小さい耳を跳ねさせた。

「あ、いえ」

現在仕事の休憩中だ。早々に昼食を食べ終わったフィンは、腕を組んで考え事をしていた。熱中しすぎたのか、頭の中でぐるぐるとこねくり回していた言葉が、ぽろっとこぼれ落ちたのだ。

「クレイヴンくんが独り言なんて珍しいねぇ。なになに、なにか悩み事？」

フィンは職場の誰かに悩みを話したことはない。というより、私的なこと……たとえば家族のことや恋人のこと、趣味から何から何も話さない。問われれば答えることはあるが、フィンにその手合いの質問を投げかけてくる者は少ない。なにしろフィンは、職場でも有名な「面白みのない奴《やつ》」だ。

（僕と話して楽しいなんて言ってくれる人なんて……）

ほわ、と頭の中で恋人の顔を思い浮かべて、フィンはそれを散らすようにぱちぱちと瞬《まばた》きする。

「おやぁ、難しい顔してると思ったら楽しそうな顔して。クレイヴンくん、最近本当に表情が豊かになったねぇ」

「そうですか？」

もに、と自分の頬《ほお》を両側から挟んで首を傾《かし》げる。たしかに、恋人……テイラーと付き合い出してからこっち、以前より気持ち明るくなったような気はしている。が、双子の弟には先日「恋人ができたんならもうちょっと楽しそうな顔しなよ」と言われたばかりだ。

「うんうん、変わったよ。毎日見てるからわかるさ」

しかしレガットは「変わった」と言ってくれる。嘘《うそ》を言っているようにも見えないし、そもそも嘘を吐《つ》く必要もないだろう。

（変化に気付くくらい気にかけて貰《もら》っている、ということかな）

以前なら「そんなはずはない」と卑屈に捉えていたかもしれないが、最近は人の好意や言葉を素直に受け止められるようになってきた。それもまた、素直で可愛《かわい》い恋人の影響かもしれない。

「そうそう。クレイヴンくんがやたら可愛くなったって交通課とか刑事課の奴が騒いでて……」

「はい？」

何の間違いかと思って言葉の途中で問いかけると、レガットが「あ」と申し訳なさそうに頭をかいた。

「可愛い、は失礼だったね。いやでも最近本当に雰囲気が柔らかくなったよね。窓口に来る人にも好評だよ」

「はぁ、そうですか」

他の課の獣人が云々の話も気にはなったが、おそらくはレガットが話を盛ったのだろう。まぁ何にしても、市民に親しみやすくなったと思われているのなら、それでいい。

「……って、その話じゃなかったね。何か悩み事があったんだっけ？」

そこでようやく話が戻ってきて、フィンは「あぁ、その」と曖昧に頷《うなず》いた。

「恋……、んんっ、知人への贈り物を準備したのですが、なんというかいまいち自信がなく」

恋人、と言いかけて、どうにか誤魔化してから早口で悩みを伝える。と、レガットが「ほぉ？」「ほぉ～？」「ほぉ～～？」とわざとらしく言葉を切りながら顎《あご》に手を当てた。口角も持ち上がっているし、何やら楽しそうだ。

「何か、変なことを言いましたか？」

多少憮然《ぶぜん》とした態度でそう尋ねると、レガットは「いやいやぁ」と楽しそうに笑った。

「恋び……、んっ失礼、誰かへのプレゼントで悩むクレイヴンくんなんて珍しいなぁと思って」

「そうでしょうか？」

そんなこともないだろう、と思いながら腕を組む。

知人もとい恋人への贈り物、というのはもちろん「テイラーへの誕生日プレゼント」のことだ。今週末はテイラーの誕生日なのだ。

「雪豹《ゆきひょう》なのに夏生まれなんです」と言うテイラーに、フィンは「僕は冬眠のあるヤマネなのに真冬生まれだ」と慰めにもならないことを伝えた。だが実際、誕生日は大体冬眠中に過ぎ去ってしまうので、あまり特別感がない。それを伝えると、テイラーが「じゃあ俺の誕生日に一緒にお祝いしましょうか」と言い出した。

真冬と真夏で真逆なのに一緒にお祝いとは……、と思わないではなかったか、テイラーがにこにこと嬉《うれ》しそうに「誕生日会、誕生日会」と歌っていたので「まぁいいか」と黙っておいた。問題は誕生日会そのものではなく、それに付随するプレゼントだ。

一応、誕生日プレゼントとして無難なものと……もうひとつ、おまけのようなものを準備した。が、今になってその「おまけ」を渡していいのか自信がなくなってきた。テイラーがそれを受け取った瞬間を思い浮かべれば浮かべるほど不安になってくる。

む、と腕を組んで考え込んでいると、レガットは変わらずにこにこと微笑《ほほえ》みながら「いいねぇ」と頷いた。

「僕も人にプレゼントを贈るの好きだなぁ。それが近しい人であればなおさら」

「あぁ、レガットさんはセンスが良いですよね」

机の上に置かれた彼の小物や腕にはまった時計、綺麗に磨かれた靴を見ながら、フィンは耳をぴぴっとはためかせる。

レガットは照れたように笑いながら「え〜そうかなぁ」と頭をかいた。

「クレイヴンくんもおしゃれじゃないか」

問われて、フィンは自分の着ている服を見下ろす。たしかに体にぴたりとフィットしていて、決して自分に似合わないとは思わない。が……。

「いえ。これは雑誌に載っていたものをそのまま注文して購入したんです。靴も、鞄も、靴下もそうです」

「あ、え、そうなんだ」

「僕は、センスがないんです」

そう。フィンはセンスがない。服を買う時はお気に入りのブランドで上から下までコーディネイトをされたものを買うことが多いし、小物関係もそうだ。そのせいで、たまにちぐはぐな服の組み合わせを作り出すこともある。過去の恋人には「フィンって顔の割にセンスないよな」と言われたこともある。顔の造りとセンスとがどう関係しあっているのかわからないが、その時は純粋にショックだったのを覚えている。

ちなみに双子の弟のティムもまた、モデルという仕事をしているにも関わらずセンスがない、らしい。「『ティムくんが私服の時にファンの人に会ったら、がっかりされるかもしれないから』って言われるからさぁ」と私服もマネージャーに管理されていると言っていた。多分二人揃ってセンスというものを母親の腹の中に残してきたのだ。

「今まで、自分で選んだプレゼントが喜ばれたことはありません」

「ありません、ってそんなキリッとした顔で……」

きっぱりと言い切ると、レガットが困ったような呆れたような、何ともいえない表情を浮かべた。

「今まで、贈ったものを雑に扱われようと、捨てられようと、それはそれで仕方ないと思っていました。僕のセンスがないのが悪いので」

そう言うと、レガットが口に手を当てながら「なんて悲しいことを淡々と」と悲壮な声を出す。フィンはそれには答えず、短く息を吐いてから話を続ける。

「ただ、でも、彼は優しいので」

彼とはつまり、恋人のテイラーのことだ。テイラーは優しい。とても優しいのだ。

「いらないものを貰っても無理に喜んでくれそうなところが、怖いんです。だから、無難なものだけを渡してそれで済ませたい。けど……」

フィンはその続きを口の中で転がしてから、漏れ出さないように唇を嚙《か》み締めた。

テイラーはきっと、いらないものを貰っても「なんですか、これ」とは言わない。今までの恋人のように、一度も使わないまま棚にしまったり、誰かにあげたり、売ったりなんかしない。

その優しさが嬉しくもあるし、怖くもある。彼に、無理をさせたくない。心からのものではない笑みを、無理に作らないで欲しい。

「クレイヴンくんって、意外と……健気だねぇ」

黙って話を聞いていたレガットが大きな腹を揺らしながら優しく笑う。健気、自分とは程遠いその言葉に、フィンは思わず「は？　健気？」と疑問の声をあげてしまった。しかしレガットは気にした様子もない。

「私がもし君の恋……友人だとしたら。そして、君のことをとても好きなのだとしたら。君が自分のことを思って贈ってくれた物ってだけで幸せだけどなぁ」

「そうですか？」

フィンが首を傾《かし》げると、レガットは自信たっぷりといった様子で頷く。

「クレイヴンくんがそんなに大切に思う人なら……きっと、物そのものよりまず、クレイヴンくんの気持ちを喜んでくれるんじゃないかな？」

「なるほど」

「だから、うん。大丈夫じゃないかなぁ。月並みな回答になってしまって悪いね」

「いえ、そんな……」

それまでの熱弁を恥じるように、レガットが照れた顔で締めくくる。と、そのタイミングで昼休みの終わりを告げるように電話が鳴った。

フィンは「すみません」と断りながらそれに手を伸ばす。レガットは「いやいや」と目を細めて、自分の手元の仕事へと戻っていった。

（なるほど、なるほど）

フィンは電話対応しながら、心の中で何度も頷く。

なんだか少しだけ心が軽くなったような気がした。今まで誰かに自分のことを相談するなんて考えたこともなかったが、口に出すことで、そして相手の話を聞くことで心がすとんと落ち着いた。

（レガットさんに話してよかったな）

テイラーとの出会いから、勘違いの後付き合いが始まって、変わらないと思っていた自分の変化を生活の端々によく感じる。それは、なんだかとても心地の良い変化であった。

＊

週末。フィンは仕事終わりのテイラーと待ち合わせて、リックの勧めるレストランに向かった。事前に「誕生日の食事をお願いしたい」と予約していたのだ。

メニューは全てお任せにしていたのだが、さすがというかなんというか、フィンとテイラーの好みに合わせた内容の品が次々と提供された。涼しげなジュレを使った前菜や夏野菜スープ、精のつきそうな豪快な肉料理に焼きたてのパン。ひんやりとした冷製パスタも絶品だった。

料理の内容はもちろん、量もきちんと調整されていて、どちらかというと少食なフィンも最後のフルーツケーキまで美味しく食べ切ることができた。

ちなみに、フルーツケーキの上には「お誕生日おめでとう」とお洒落《しゃれ》に書かれたプレートとともに、小さな雪豹とヤマネの砂糖細工の菓子がのっていた。おそらくそれも、既製品ではなく手作りなのだろう。大変愛らしくて、思わず食べるのを躊躇ってしまったほどだ。

リックは「お誕生日会のお邪魔はしたくないので」と終始キッチンから出てこなかったが、フィンたちを祝おうというその気持ちは十二分に伝わってきた。

「ありがとう、本当に美味しかった。リックくんさえよかったら、今度またみんなで遊びに行こう」と、店を出る時に声をかけたらにこにこと笑顔で頷いてくれた。控えめに、しかし嬉しそうにぴこぴこと尻尾を揺らすリックはとても愛らしくて、美味しいもので満たされた腹がさらにほこほこと温かくなった。

ちなみに「みんな」というのはフィンとテイラー、そしてリックとディビスのことである。先月、テイラーとディビスとで連絡を取り合ってもらい四人で遊びに出かけたのだが、これが驚くほどに楽しかった。わいわいと騒ぐというより、のんびりと各々のペースで楽しむ……という雰囲気で、人と遊ぶのが苦手なフィンも心穏やかに楽しむことができたのだ。

(複数人で遊ぶことに抵抗がなくなるのも、心から楽しいと思えるのも、それもまた変化だな)

テイラーと並んで歩いて帰りながらそんなことを考えて、フィンは穏やかな気持ちで微笑んだ。

「あれが美味しかった」「これも美味しかった」と料理の感想を言い合いながらマンションに帰って。そして、部屋に戻って手を洗って、フィンは一番に自分の部屋に戻ると、クローゼットの中から紙袋を取り出した。

「え、フィンさん？　どうし……」

「これっ。あの……、あの、テイラーくんへのプレゼント」

フィンはテイラーの言葉を遮《さえぎ》る勢いで、ずいっ、と手に持っていた紙袋を差し出した。

「あ、えっ」

「誕生日おめでとう」

面食らったような表情のテイラーに、フィンは祝いの言葉を投げかける。そしてプレゼントの入った紙袋をその逞しい胸元に押し付けるように渡す。テイラーは驚いた様子であったが、すぐにふにゃりと相好を崩して「うわ」と嬉しそうな声を上げた。

「ありがとうございます！　フィンさんからのプレゼントだ」

嬉しいな、嬉しいな、と歌うように繰り返すテイラーを見て、フィンは「はぁ」と気の抜けたような溜め息をこぼしてしまった。「……ごめん。いつ渡すかいつ渡すか、って落ち着かなくて。ここ数日、ずっとテイラーくんのことを考えてしまって」

早く渡して楽になりたかった、と勢いで押しつけてしまったことの言い訳を口にすると、テイラーは「えぇ」と目を丸くした。

「フィンさん、ずっと俺のこと考えててくれたんですか？　嬉しいなぁ」

「それは、嬉しい……のか？」

テイラーは紙袋を、きゅっ、と胸に抱いて眉根を下げる。そしてまるで宝物のようにそれを撫《な》でてから、テイラーは「嬉しいですよ」と言葉を続けた。

「俺も、いつもフィンさんのこと考えてますから。お揃《そろ》いみたいで」

「おそろい」

ぽかんと目と口を開いてから、フィンは思わず「ふっ」と吹き出した。そして、フィンの笑みを見てますます嬉しそうに目を細めるテイラーに、笑い混じりに「ふふ、開けてみて」と催促する。なんだか幸せな笑いがおさまらなくて、終いには両手で口元を覆うはめになった。

「はい」

テイラーは嬉しそうに頷くと、にこにこと笑顔で紙袋を開ける。そして「わぁ」と感嘆の声を漏らした。

「あれ、え、これ……腕時計ですか？」

包装紙を丁寧に剝いで、出てきた箱を見ながらテイラーが何度も目を瞬かせる。どうにか笑いを落ち着けてから、フィンは「くふ……、あぁ、うん」頷いた。

「前にテイラーくんが新しい腕時計が欲しいって言ってたから」

いつだったかのデートの折、テイラーがそう言っていたことを思い出し、フィンは時計店に出向き「一番頑丈なやつをください」と開口一番店員に伝えて、そして本当に一番頑丈なものを選んでもらった。なにしろテイラー自身が「仕事柄、なんでも頑丈なものを選びがち」と言っていたからだ。

「覚えててくれたんですね。嬉しい、嬉しいなぁ」

テイラーが息を呑んで、そして嬉しそうに箱を撫でながら「俺の好きなメーカーだ」とぽつりと呟いた。それを聞いて、フィンはぴくぴくと耳を跳ねさせる。それに、尻尾も。

「よ、喜びすぎだ」

(うっ。尻尾が……、勝手に揺れてしまう)

テイラーの嬉しそうな顔を見ていると、自然と尻尾が揺れてしまいそうになる。笑いの次は尻尾だ。今日の自分はきっとどうかしてしまったに違いない、と思いながら、それでもどうにか我慢を強いる。動くな動くな、と尻尾に力を込めて念じていると、箱から取り出した腕時計を「おぉ〜」「格好いい」と眺めていたテイラーが、はっ、と顔を上げた。

「俺もプレゼントを！」

「あっ……」

テイラーの言葉に、フィンは胸元のポケットの上に手をのせる。テイラーは腕時計でプレゼントは終わりと思っているようだが、まだ「おまけ」があるのだ。

（どうしようかな）

思い悩んでいるうちに、自室に引っ込んでいたテイラーが弾丸のように飛び出してきた。

「テイラーくん、あの……、えっ？」

プレゼントのことを言おうと口を開きかけて、途中で止まる。なにしろ、テイラーがとんでもない大荷物を抱えていたからだ。チェックの箱にグリーンのリボンをぐるりと巻き付けられた、まさしく「プレゼント」といった様の箱。まるで物語の中から飛び出てきたような見た目だ。

「はい、これ、プレゼントです」

「ん、え？」

体の大きなテイラーが両手に抱えて余りあるほどの大きさだ。

「あ、こっちを先に」

大きな箱に気を取られていたが、その上に、ちょこんと小さな紙袋がのっていた。フィンは慌ててそちらを受け取る。テイラーは「よいしょ」と箱をソファの上に置いた。

「開けていい？」

「もちろん！　開けてみてください」

袋の中に入っていたのは細長い箱だった。できるだけ丁寧に包装紙を剥いで、ぱか、と箱の蓋を持ち上げる。

「ペンだ」

中に入っていたのはすらりと細身のペンだった。焦茶《こげちゃ》色の落ち着いた色合いで、クリップ部分には小さな黒い石が嵌《は》め込まれている。フィンはその石を親指で優しく撫でてから「すごく、お洒落だ」とこぼした。

（そういえば……）

春になったばかりの頃「フィンさん、貰って嬉しいちょっと良いものってなんですか？」と聞かれて、その時に「それならペンかな。仕事で長く使えるペン。自分ではついつい安物を買って使い回してしまうから」と言った記憶がある。

「貰って嬉しいものって聞いたの、あれは……」

「へへ、その頃からこっそり調査してました」

ちらりと見上げて問えば、テイラーは首を傾げるようにしながら恥ずかしそうに笑った。その耳がぴこぴこと跳ねているのを見ながら、フィンはギュッとペンを握りしめた。

聞かれたのは、もう何ヶ月も前の話だ。まさかそれをずっと覚えているなんて、いや、その頃からいつかフィンに贈り物をしたいと考えてくれていたなんて。

（あぁ……これは、嬉しい）

先ほどはテイラーの喜びようを見て「喜びすぎ」なんて言ったが、自分も同じことをされてみてわかった。胸の内がじわじわと熱くなって、それが頬を伝って鼻先をつんと刺激して。フィンは「ありがとう」と少し掠れた声で礼を伝えた。

「いいえ、こちらこそ」

今度こそはたはたと尻尾が揺れてしまったが、顔を上げればテイラーの尻尾の方が元気いっぱい揺れていた。尻尾だけでなく、テイラーは満面の笑みを浮かべて頬を染めている。まるで全身で「嬉しい」と言っているようだ。

「好きな人への贈り物って、貰うのも、贈るのも、どっちも楽しいですね」

「……うん、そうだな」

テイラーの言葉に素直に頷いてから、フィンは「そういえば」と耳をはためかせる。

「そちらの、大きな箱は？」

「あ」

テイラーは思い出したように、ぽむっと手を打つと、ソファに腰掛けて箱に手をかける。フィンもいそいそとその後に続き、箱を挟んで反対側に腰掛けた。

「これはですねぇ、プレゼントっていうか、俺がお店で見かけて欲しくなっちゃって……」

「欲しくなって……？」

「あ、リボンの反対側、引いてもらってもいいですか？」

テイラーに促されて、グリーンのリボンを引く。と、テイラーが箱の蓋に手をかけて「へへ」と笑った。

「じゃーん」

ぱかっ、と景気よく開いた箱……の中には、何やらふわふわとしたものがみっしりと詰まっていた。

「これは、……ぬいぐるみ？」

よいしょ、と両手で抱えるほどのサイズの、ぬいぐるみ。しかも……。

「あ。雪豹だ……」

ふか、と柔らかく白い毛。ところどころまだらに黒い毛が混じっていて、鼻先がピンクで、瞳はくりんとしたブルーで。

「……テイラーくんだ」

「ねっ、俺みたいですよね？」

両手で、ぎゅう、と抱きしめながら呟くと、テイラーが笑って、そして箱の中に手を入れた。

「で、こっちはフィンさん」

雪豹のぬいぐるみに隠れて気付かなかったが、もう一体ぬいぐるみが入っていたらしい。

「え、僕？」

それは雪豹より小さいぬいぐるみだった。頭に焦茶色の模様が入った茶色の毛並み、黒い瞳。ツンと澄ました顔をしてテイラーの膝にちょこんとのっている。

その顔をじっと眺めてから、フィンは自身の脇に置いたペンに触れた。

「もしかして、このペン……僕をイメージして買ってくれた？　髪とか、目とか」

色合いがぬいぐるみと全く同じだ。テイラーは「あ」と嬉しそうに声を上げた。

「そうなんです」

フィンの眉根に自然と力が入る。不快だったからではない、溢《あふ》れる感情をどうにか堪えようとしたからだ。そうしないと、この上なく情けない顔になってしまいそうだった。

以前なら、感情を抑えることなんていくらでもできた。しかし、テイラーと出会ってからこっち、感情がぽろぽろと溢れ出して止まらない。嬉しいも悲しいも、何もかも好き勝手に表に出てきてしまう。

フィンはソファの形に合わせて垂らしていた尻尾に力を入れて、ピン、と跳ねさせる、伏目がちにごそごそと自分の胸ポケットを探った。そして「テイラーくん」と声をかける。

「ん？」

「これ……」

ポケットから取り出したのは、キーホルダーだった。シルバーのカラビナの先、小さなぬいぐるみが揺れている。

「僕も、……僕も、買ったんだ、雪豹とヤマネのぬいぐるみ。テイラーくんのより、かなり小さいけど」

それは、プレゼントの時計を買った帰り道、小さな雑貨店で見かけて衝動的に買ったものだった。

「家の鍵に、一緒に付けられたらいいなって……思って」

一緒に暮らし出してすぐ、フィンは改めてテイラーに部屋の合鍵を渡した。その時はただ鍵をポンと渡しただけだったが、思い返せばなんだか味気なかったような気がして、ずっと気になっていたのだ。

しかしこれはテイラーが「欲しい」と言っていたものではない。センスのない自分が選んだ「おまけ」だ。

渡すかどうか自体迷っていたが、今はその迷いもなくなった。

「はからずも同じようなことを考えていたようでなんだか気恥ずかしいけど、でも、よかったら受け取って欲しい」

まさかテイラーの方も自分たちの獣性をモチーフにしたものをプレゼントに準備してくれているとは思ってもいなかったが。

ぷらん、と目の前で揺れるのは、雪豹とヤマネの人形。フィンはテイラーの手のひらに、そっとそれをのせた。

「フィンさ……」

「あ」

そこでふと大事なことに気が付いて、フィンはちらりとテイラーを見上げて、ふたつのマスコットのうち雪豹の方を持ち上げた。

「あ。ひとつずつだから僕がテイラーくん……じゃなかった、雪豹の方をつけてもいいかな？」

腕の中のぬいぐるみと一緒に、手のひらに雪豹を包み込む。自分で「あげる」と言っておきながら我儘だっただろうか、ちら、と上目遣いでテイラーを見上げると……。

「フィンさん、嬉しい……うっ」

「テイラーくん？」

テイラーがくしゃりと顔を歪めた。その目尻には薄ら涙まで光っている。フィンは驚いて、思わず身を乗り出してその頰に手を当てる。と、膝に抱えた雪豹が、ぷきゅる、と潰れてしまった。

「フィンさんが優しくて、可愛くて、こんな素敵な人と一緒に誕生日を迎えられて、お祝いなんてしちゃって、フィンさんが可愛くて」

「可愛いが二回出たぞ」

思わず突っ込んでしまうと、テイラーがふにゃりと笑った。その笑顔に、胸がきゅうと引き絞られる。

頬にあてていた手をするりと撫でるように上にやり、白と黒の毛が生えた耳に触れる。耳の内側、ピンクの部分に親指をあてて、もにもにと擦るように優しく揉む。と、テイラーが泣き笑いのように笑った。

「幸せすぎて、胸が苦しいです」

これ以上の言葉があるだろうか。フィンは抱き潰していた雪豹を一旦膝の上から横にのける。そして同じくテイラーの膝の上のヤマネも持ち上げて、雪豹のぬいぐるみの横に並べた。

フィンさん、と鼻をすすりながら不思議そうな声を出すテイラーの体に腕を回す。ぬいぐるみももちろん大事だし、可愛いし愛しい。しかし、一番はこの腕の中の温もりなのだ。

「僕も」

厚い胸板に顔を埋めて、柔らかな匂いがするそこでもごもごと喋る。

「幸せすぎて、どうにかなりそうだ」

何を不安になっていたのだろうか。何を不安に思う必要があったのだろうか。レガットの言う通り、フィンの恋人は、フィンからのプレゼントをこんなにも喜んでくれた。

「フィンさん」

テイラーもまた、フィンの体に手を回してくれた。シャツの袖から覗く腕は色白だが太く、がっしりとしている。フィンの腕と比べると棒と丸太だ。力一杯抱きしめられたら、きっとフィンなんてぽっきり折れてしまう。だが、テイラーの抱擁はいつでも心地よく、優しい。

テイラーの背中に回した腕、その指先に引っ掛かったキーホルダーの金属部が、ちゃり、と音を立てる。

それはまるで、幸せの鐘の音のようにフィンの耳に響いた。

*

その後。雪豹とヤマネのぬいぐるみは、まるで同居人のようにフィンたちの家で暮らし始めることになった。

普段はソファの上に並べて座らせて、テレビを見る時は膝にのせて。天気のいい日は洗濯して、テイラーが夜勤でいない日は寝室に連れ込んで一緒に寝たりもした。目を覚ますと、腕の中に抱いていたはずのぬいぐるみが本物のテイラーになっていて笑ってしまったが。

「だってフィンさんに抱きしめられて寝てるなんてずるいじゃないですか。俺が仕事の間ずっと腕の中にいたんでしょう？　いいな、いいなぁ」

なんていうテイラーもまた「まぁ俺にはちびフィンさんがついてますけど」とキーホルダーのヤマネに小さくキスをしていた。思わず、キーホルダーを優しく取り上げてテイラーの頬にキスしてしまったが、決してやきもちなどではない……はずだ。

とはいえ自分も鍵を使うたびに揺れる雪豹に癒されているのだから、本当は何も言えないのだが。


「次の誕生日は何を贈ろうかな」

なんて、ソファに腰掛けて手首の時計を撫でながら楽しそうに笑うテイラーに「いつの話をしているんだ」と言えないのは、フィンもまた「次は何を贈ろうか」とわくわくしながら考えているからだろう。

テイラーの膝の上で、小さな足を広げている雪豹はどことなく彼本人に似ている気がする。微かに持ち上がった口角が表情を明るく見せてくれるだろうか。逆にフィンが抱えるヤマネはツンと澄ました表情を浮かべていて、これまたフィンに似ている。

ぷきゅ、とその頬を押し上げてから、フィンは「ふ」と吐息をこぼした。

「僕も、考えるのが今から楽しみだ」

何かを贈るのも贈られるのも、テイラーとならば怖くない。きっとこれは幸せということなんだろう、と心の中で頷きつつ、フィンはテイラーに体を預けながら雪豹とヤマネのぬいぐるみを思いきり抱きしめた。
ふわふわと柔らかなそれは、なんだか幸せそのもののようだった。

あとがき

初めまして。伊達《だて》きよと申します。この度は『春になっても一緒にいよう』をお手に取ってくださり、ありがとうございます。

この作品は「冬眠」をテーマに書いた作品になります。前作と同じテーマになりますが、同じ冬眠でも少しだけ違います。

彼らの世界には、冬眠をする種族としない種族がいます。冬眠を楽しいと思っている獣人もいれば、冬眠なんてなければいいのにと思う獣人がいて、さらに冬眠を羨ましく思う獣人、逆に自分にはなくてよかったと思う獣人だってきっといます。

色んな考え、色んな獣人がいる中で、今回は、少しだけ冬眠をするのが怖くなってしまったヤマネ獣人のフィンと、そんなフィンに「友達になりたい」と願い出たテイラーのお話を書かせていただきました。種族も、冬眠のありなしも、考え方や感じ方も違う二人が、どんな冬を過ごしてどんな春を迎えるのか、最後まで見守っていただけましたら幸いです。

前作の時と同様、この冬眠シリーズを書く時はできるだけ柔らかく、優しくなるようにと思いながら物語を綴っております。

しかし、今の私が書いた優しさや柔らかさは数年前の私が書いたそれとは変化しているかもしれません。世の中も、人の考えも、気持ちも、何もかもが日々緩やかに変化している中で、自分の小説だけが変化していないなんてことはないと思うからです。

ただ、そんな変わりゆく世界の中でも、冬眠のある彼らの話を書く時だけはやはり、優しくなりますように、柔らかくなりますように、とつい願ってしまいます。

読むと胸がほっこりするような、ぐっすり眠りにつけるような、明日が怖くなくなるような。そんなお話に出来たかどうかは……やはり何とも言えないところではありますが、物語を読んで、少しでもほっとしていただけましたら嬉しく、ありがたく思います。


物語はここで終わりとなりますが、登場人物達の人生はこれからも続いていきます。

同じ部屋で目覚めて、ご飯を食べて。本を読むフィンに構って欲しくて、テイラーがじゃれついたり。ソファに並んで座ってテレビを見て、昼寝をして、腕立て伏せをするテイラーの背中にフィンが乗ってみたり。一緒にお風呂に入って、夕飯を作りながらちょっとふざけて踊ってみたり。そして、また同じ部屋の、同じベッドで眠って。そんな日々を過ごしていくのだと思います。

元気のいい彼らのことなので、もしかしたら次の春もまた、テイラーの生まれ故郷に遊びに行くかもしれません。

朝も昼も夜も、そして春も夏も秋も冬も。きっと二人で手を取り合い、仲良く楽しく生きていってくれると思います。そんな彼等の未来に、ほんの少しでも思いを馳せていただけましたら、嬉しい限りです。


最後になりましたが、どんな時も的確なアドバイスをくださった優しい担当様、今作もキャラクターたち含め彼らの世界すべてを魅力的に描き上げてくださった犬居葉菜《いぬいはな》先生、校正、印刷、営業の各担当様方、この本の作成に携わってくださった全ての方、そして、数ある作品の中から、本作を手に取り、このあとがきまで読んでくださっているあなた様に、心からの感謝とお礼を申し上げます。

またいつか、どこかでお会いできましたら幸いです。

伊達　きよ

【初出】

春になっても一緒にいよう
(書き下ろし)

一緒に雪を見に行こう
(書き下ろし)

幸せをプレゼント
(書き下ろし)

春になっても一緒にいよう

2023年12月31日 第1刷発行

著　者　伊達《だて》きよ
イラスト　犬《いぬ》居《い》葉《は》菜《な》
発行人　石原正康
発行元　株式会社 幻冬舎コミックス
〒151-0051 東京都渋谷区千駄ヶ谷4-9-7
電話03(5411)6431(編集)
発売元　株式会社 幻冬舎
〒151-0051 東京都渋谷区千駄ヶ谷4-9-7
電話03(5411)6222(営業)
振替 00120-8-767643
デザイン　小菅ひとみ(CoCo.Design)
印刷・製本所　株式会社 光邦

検印廃止

幻冬舎コミックスホームページ https://www.gentosha-comics.net